IM PRESS

Пётр Немировский

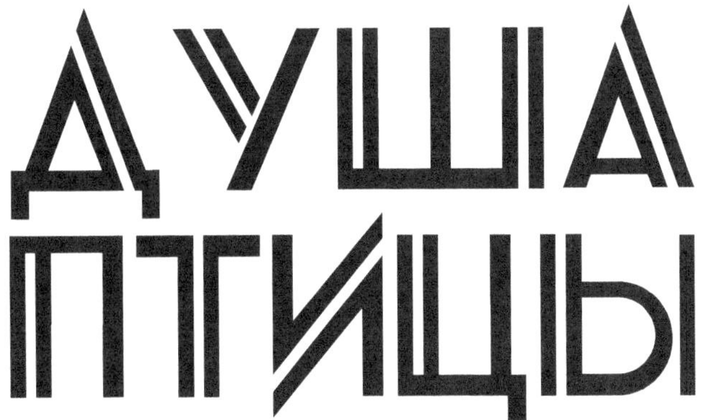

Бостон • 2024 • Чикаго

Пётр Немировский   Душа птицы. *Повесть*

Petr Nemirovskiy   Soul of a Bird. *Novel*

ISBN 978-1960533-24-1

Published by M•Graphics | Boston, MA
   ⌨ www.mgraphics-books.com
   ✉ mgraphics.books@gmail.com

In cooperation with Bagriy & Company | Chicago, IL
   ⌨ www.bagriycompany.com
   ✉ printbookru@gmail.com

Proofreading by Julia Grushko
Book design by Yuliya Timoshenko © 2024
Cover design by Larisa Studinskaya © 2024

Printed in the United States of America

Содержание

Часть первая

Судьбоносная акула

Взяв спиннинг и сумку, я вышел из своего однокомнатного кооператива, находившегося в районе Бруклина Марин-Парк, я купил этот кооп полгода назад. Уже было светло, солнце взошло, освещая и голубое небо в нежных тонких облаках, и деревья возле нашего дома, и дикого белого голубя, который с недавних пор облюбовал себе здесь место. С шумным хлопаньем крыльев птица неожиданно спустилась на зелёный газон неподалёку от меня. Замерев, голубь устремил на меня взгляд своих круглых, с оранжевым ободком, глаз, воркуя «гр-гр-ю…».

«Как дела, приятель?» — поприветствовал я его, пожалев, что у меня нет при себе крекеров, чтобы угостить птицу. Сорвавшись с места, голубь улетел куда-то, а я пошёл к берегу. Дом, где я живу, находился неподалёку от так называемого солт-марша — небольшого океанского залива. (Таких заливов немало по всей прибрежной полосе Нью-Йорка. Они находятся под защитой городских властей, чтобы сохранить экологию в акватории. — *Прим. авт.*)

Забросив спиннинг, я стоял на берегу на больших камнях. Было тихо, лёгкий ветерок гнал мелкую волну.

Неподалёку от меня стоял мужчина лет пятьдесят пять, среднего роста и хорошего телосложения. Он не был красавцем, но имел приятную наружность, не лишён обаяния. Короткие волнистые волосы, зачёсанные назад, обрамляли его овальное лицо. При внимательном рассмотрении обращали на себя внимание его умные, проницательные глаза; на губах играла добродушно-насмешливая улыбка.

Он тоже забрасывал свой спиннинг. Прищурившись, смотрел куда-то вдаль, где сюда, в залив, с океана заплывали катера и где вдали были слабо видны очертания моста. Я уже видел этого мужчину здесь несколько раз. Порой мы обменивались с ним «сугубо рыбацкими» замечаниями и наблюдениями — о клёве и наживке, но до сих пор в наших коротких беседах мы не спросили даже про то, как друг друга зовут, не поинтересовались, кто чем занимается и где живёт. Поскольку мужчина не имел при себе ни большой сумки с ворохом вещей, ни рыбацкого чемодана, а лишь небольшую пластмассовую коробку с рыбацкими снастями, я пришёл к выводу, что он, так же, как и я, живёт где-то неподалёку. Судя по той манере, как он ловил, не проявляя «дикой страсти», я заключил, что он, так же, как и я, не заядлый рыбак, а приходит на берег отдохнуть на природе и побыть какое-то время наедине с собой.

Я наблюдал, как он отреза́л ножом куски селёдки, цеплял наживку на крючок и, размахнувшись, резким точным движением забрасывал. Во время одного из таких забросов жадная чайка, пролетавшая рядом, ринулась к летящей в воздухе над водой наживке и — надо же! — ухватила клювом кусок рыбы на крючке. И попыталась с ним улететь! Мужчина потянул удилище на себя, но чайка не сдавалась! Эта необычная борьба за кусок рыбы — между рыбаком и чайкой — продолжалась недолго. Чайка уступила: выпустила рыбу из клюва и, издав несколько возмущённых криков, улетела.

Она полетела туда, где вода буквально кипела — подошла стая хищного луфаря; проголодавшись за ночь, луфари обнаружили здесь, в тихой заводи, обильную поживу. И теперь серебристые большие рыбины то и дело выныривали из воды, и вместе с ними салютом в разные стороны разлетались мелкие рыбёшки. Сверху на выпрыгивающую мелочь падали прожорливые чайки.

— Красота-то какая, — промолвил мужчина, приложив к лицу козырьком ладонь, чтобы лучи солнца не слепили глаза. — Луфарь особенно активен на солт-марше в конце лета — начале осени, сейчас как раз его время.

— Такая великолепная картина, что дух захватывает, — согласился я.

— Оп! Оп! — вскрикнув, мужчина потянул на себя спиннинг и стал крутить катушку.

— Наверное, луфарь, — предположил я.

— Да, похоже, что так.

Действительно, вскоре мужчина, прижав к камню серебристого луфаря, вытаскивал из его пасти крючок.

— Давай, бэби, давай, мой хороший, открой свой fucking рот, — просил он рыбу.

Затем точным ударом он оглушил рыбу камнем по голове, достал раскладной нож и начал её чистить. Он счищал ножом её чешую — очень аккуратно, я бы сказал, заботливо, по несколько раз подчищая возле плавников и жабр. Потом распорол рыбе брюхо и так же тщательно стал вынимать кишки.

Я смотрел на него, сосредоточенного, с окровавленным ножом в руке, смотрел на распотрошённую, идеально вычищенную рыбу на большом гладком камне и не удержался от комментария:

— Вы будто бы сейчас делаете этой рыбе хирургическую операцию.

— Ты прав, удаляю ей жёлчный пузырь и пересаживаю печень.

— Вы врач?

— Да, хирург. Также занимаю должность директора отделения «скорой помощи» в госпитале.

— Здорово.

— Как тебя зовут? — спросил он.

— Бен. А вас?

— Майкл. Майкл Харрис. Легко запомнить.

— Рад познакомиться, доктор Харрис.

— Можешь называть меня просто Майкл. Впрочем, как тебе удобно.

И мы наконец разговорились.

— Вы живёте неподалёку отсюда? — спросил я.

— Да, на Стюарт-стрит.

— Значит, мы соседи. А я живу на Филмор.

— Чем ты занимаешься, Бен?

— Работаю в небольшой амбулаторной клинике с психически больными пациентами, включая наркоманов и алкоголиков.

— Получается, мы с тобой в некотором роде коллеги. Ты психиатр?

— Не совсем. Психотерапевт.

— Тебе нравится твоя работа?

— В общем, да. Мне нравится работать с пациентами. Правда, зарплата у меня там скромная, и бенефиты слабенькие.

— Понятно. Ты женат?

— Разведён, слава богу.

— Одним словом, наслаждаешься жизнью холостяка, да?

— Да… А-а!!!

Прут спиннинга в моих руках резко изогнулся. Я потянул спиннинг на себя и тут же почувствовал, что на крючок зацепилась сильная рыба.

— Вау! Похоже, что-то серьёзное. Шутки в сторону, — доктор Харрис бросил вопросительный взгляд на изогнутый спиннинг в моих руках.

Я крутил катушку, рыба под водой уводила то далеко влево, то вправо. Я знал, что на такой большой крючок могла зацепиться только крупная рыба. Рыба не сдавалась: она то подплывала вперёд, к берегу, тогда леска ослабевала, и, казалось, что на крючке уже никого нет. Но стоило мне несколько раз крутануть ручку катушки, как леска снова натягивалась, спиннинг круто изгибался, и рыба, немного отдохнув, продолжала бой.

— А-а!!! — орал я, изнемогая от напряжения.

По моему лицу вдруг градом полился пот. Я не предполагал, что в одно мгновение от сильного напряжения можно вот так взмокнуть. Я чувствовал, что и моя футболка, и даже трусы — всё стало мокрым от пота.

— Fuck! Fuck! — я продолжал крутить катушку, уже не веря, что смогу вытащить рыбу на берег.

— Вот это акула! — воскликнул доктор Харрис, когда, тяжело дыша, я наконец вытащил на берег огромную песчаную акулу.

Она прыгала на камнях, разинув пасть, и алая кровь в том месте, где её проткнул крючок, разливалась по её телу. Я крепко прижал акулу мордой к камню. Мне хотелось её убить, так сильно я ненавидел её в эту минуту. Но в то же время мне хотелось и расцеловать её окровавленную пасть, — до того сильно я любил её.

По моему лицу всё ещё катился пот. Акула же сильно била хвостом, вся изгибалась, пытаясь вырваться.

— Давай помогу тебе.

Подойдя, доктор Харрис схватил акулу за туловище, чтобы она не так выкручивалась, и я смог вытащить крючок из её пасти. Наконец, сжимая её за жабры, я подошёл к воде и, размахнувшись, вышвырнул акулу обратно в воду.

— Плыви, бэби, ты свободна.

— Отличная работа, — похвалил доктор Харрис. Он пристально посмотрел на меня, будто оценивая мои силы и способности. — Послушай, Бен, ты бы не хотел работать в нашем госпитале? Я бы с удовольствием взял тебя к себе в «скорую».

— Расскажите в двух словах, что это за работа?

— Окей, если коротко: у нас в «скорой» есть специальная зона, куда помещают психозных, суицидных и хомисидных пациентов, наркоманов и алкоголиков, короче, «ку-ку», лунатиков. Мне туда срочно нужен специалист, имеющий опыт работы с этой публикой. Как ты понимаешь, там скучно не бывает. Но мне кажется, тебе это место придётся по душе. Плюс госпитальные бенефиты: страховки, ежегодное повышение зарплаты, праздничные и больничные — всё это у тебя будет. Подумай. Запиши номер моего мобильника и позвони мне, когда примешь решение.

— Я даю вам ответ прямо сейчас: согласен.

«Жёлтые халаты»

Прошло несколько месяцев с того дня, как я начал работать в отделении «скорой помощи» госпиталя, директором которого был доктор Харрис. Это был небольшой частный госпиталь, находившийся в даунтауне Бруклина. Я работал там в дневные смены, но, если было нужно, оставался и по вечерам. Ездил туда на машине, дорога от дома занимала минут сорок.

Как и говорил доктор Харрис, внутри этого отделения была выделена специальная секция для «ку-ку»-пациентов. Некоторые из этих пациентов приходили в ER сами, других привозили машины «скорой» или полиция. Некоторые были в наручниках и цепях на ногах. Некоторые, доставленные сюда машинами «скорой», были настолько пьяны, что не могли стоять на ногах, — как правило, их подбирали на улице по звонку прохожих. Буйным психозным делали уколы и привязывали ремнями к кроватям. Постоянно привозили наркоманов в передозах. Привозили и суицидных. Здесь часто возникали драки между пациентами, а иногда они нападали на медперсонал.

Все пациенты этого отделения были переодеты в госпитальные халаты жёлтого цвета. Пациенты, конечно, не знали, что для нас, работников «скорой», жёлтый халат (в отличие от голубого или красного в других отделениях) служил сигналом к повышенной бдительности. Наряд полиции и специальные санитары-надсмотрщики постоянно находились в этом отсеке, любое резкое движение «жёлтого халата» или его самовольное перемещение тут же привлекало к себе внимание персонала. Этих пациентов здесь так и называли — «жёлтые халаты». А ещё их здесь называли «дебилами». Иногда в разговоре медсестёр или санитаров проскакивало: «Куда кладём N.? К дебилам?» или «В отделении для дебилов осталась последняя свободная кровать».

У высокой стойки в центре этого крыла стоял Стивен — огромный чернокожий, выполнявший роль санитара-надсмотрщика. Глядя на Стива, я всегда удивлялся тому, что природа создала такого гиганта. Если какой-то из пациентов находился «на грани» и вот-вот мог потерять контроль над собой, к нему подходил Стивен, спокойным, твёрдым голосом предлагал ему успокоиться и лечь в кровать. И пациент, если в его сознании ещё оставалась хоть искра здравомыслия или трезвости, взглянув на Стивена, заслоняющего своей фигурой свет всех ламп, тут же ложился на кровать, не переставая возмущаться. А для тех, у которых эта искра здраво-трезвомыслия уже погасла и вид гиганта Стивена не производил должного эффекта, вызывали госпитальную полицию.

Из этой зоны пациенты отправлялись в разных направлениях: одни — в «гнездо кукушки» — в психбольницу, других — в цепях и наручниках, полиция увозила обратно в полицейские участки или тюрьмы, третьих транспортировали в отделение детоксификации. А были и такие, кто, отлежавшись в отделении и получив лекарства, приходил в норму и уходил домой. В мою задачу входило выполнять обязанности так называемого координатора-диспетчера: вместе с врачами я решал, куда отправить «жёлтый халат».

Одно из суеверий всех работников «скорой помощи» — ни в коем случае не произносить вслух: «Сейчас здесь спокойно». Даже если в отделении большая часть кроватей пусты и так тихо, что пролети муха — будет слышно её жужжание, ни в коем случае нельзя произносить фразу: «Сейчас здесь спокойно». По незнанию я пару раз нарушил этот святой запрет, брякнув: «Сейчас здесь спокойно». И на меня сразу же зашикали коллеги: «Замолчи! Зачем ты говоришь ЭТО?!» Потому что, как на мирный посёлок неожиданно налетает ураган и за несколько минут меняет его до неузнаваемости, так и в «скорой»: только что всё здесь было тихо-спокойно и почти пусто, как вдруг — все кровати заняты, чистые белые простыни заляпаны кровью и грязью, воздух отравлен запахами рвоты и мочи, полиция с санитарами усмиряет одного психозного пациента в «жёлтом халате», а другому врач впрыскивает лекарство, чтобы спасти его от передозировки.

* * *

Такова вкратце была обстановка на моём новом рабочем месте. Пациенты в «жёлтых халатах» мне были понятны, с такими я имел дело прежде. Но стресс в «скорой» госпиталя был несопоставим с нагрузками в маленькой амбулаторной клинике, где я работал до недавнего времени. Первое время я плохо спал, ел как попало, потерял в весе.

Но странное дело — при всём при том мне это место с каждым днём нравилось всё больше. В конце смены я плёлся в офис, чтобы выпить там кофе, сделать несколько последних телефонных звонков и заполнить некоторые бумаги. Я шёл по длинному ярко освещённому коридору, кивая идущим навстречу врачам, медсёстрам и полицейским. И вспоминал, как познакомился с доктором Харрисом на берегу солт-марша, когда поймал судьбоносную акулу. И в мои ноздри неожиданно проникали запахи морской соли, песка и водорослей.

Мой отец

После работы я иногда ездил к своему отцу, он снимал квартиру в благополучном районе Бруклина — Бэй-Ридж. Отец недавно перенёс третью — одну за другой — операцию на сердце и нуждался в уходе.

До недавнего времени мы мало с ним виделись и мало общались даже по телефону — с тех пор, как он развёлся с мамой и, оставив нас, ушёл к другой женщине. В то время, когда отец нас бросил, мне было пятнадцать лет. Тогда я был рад его уходу, так как наконец закончились семейные скандалы, бесконечная ругань родителей, чему виной был вздорный, эгоистический характер моего папаши и его пьянство.

Я никогда не чувствовал к нему душевной привязанности, мы с ним были слишком разными людьми — разными по темпераменту, по взглядам на жизнь. Но, конечно, для меня — тогда ещё ребёнка — он олицетворял отцовскую силу и власть: я его боялся и плохо его понимал. Когда он был пьяным, случалось, он меня бил, а я прятался от него в кладовке и сидел там подолгу, боясь выйти, чтобы не попасть ему под горячую руку. Когда я стал постарше, я всегда спешил до его прихода с работы кое-как сделать уроки и убегал в парк, где со сверстниками играл в баскетбол, сидел там с ними допоздна на скамейках или на качелях на детской площадке, где мы втихаря пили пиво и курили траву.

По своей наивности, я всегда ожидал от него проявления доброты и признания. Что бы он ни делал, как бы меня ни оскорблял, я всё равно отчаянно ждал от него проявления его любви ко мне. Да, изредка он проявлял ко мне некоторую душевность — но тоже, только будучи пьяным, — мог меня обнять и прижать к себе: как сейчас помню прикосновение его колючей небритой щеки к моему лицу. Этот прилив нежности обычно сопровождался его пьяным лепетом о том, что я ношу имя его отца, когда-то во время войны совершившего побег из нацистского концлагеря Аушвиц. «Ты, Бен, всегда должен помнить о том, что в нашем роду все мужчины — герои». Он прижимал меня к себе, и я невольно кривился от исходившего от него перегара после водки. Я весь внутренне напрягался, ожидая, когда же он меня выпустит из своих лап.

Когда он сошёлся с другой женщиной и ушёл к ней, оставив нас с мамой, я облегчённо вздохнул. После этого мы редко с ним виделись, мало общались, порой я и вовсе забывал о его существовании, не видя и не слыша его годами.

Как ни странно, у него неожиданно возникли хорошие, даже тёплые отношения с моей бывшей женой Сарой, когда мы с ней ещё жили вместе. Иногда он к нам приходил в гости, проявляя дедовский интерес к Мишель — своей внучке. Но мы с женой развелись, потом она уехала с дочерью в Бостон, и общение моего отца с ними прервалось.

Потом случилось так, что женщина, с которой он жил, стала сильно болеть, буквально разваливалась на глазах, нужно было что-то решать. Её взрослая дочка забрала мать к себе, в Филадельфию. А отец остался жить в их квартире в Бруклине.

Тем временем я менял работы, пил, иногда пил много и часто, похоронил маму. И вот недавно отец неожиданно снова возник в моей жизни, словно призрак, являющийся накануне каких-то роковых событий.

***

— Добрый вечер. Можно войти?

— Да, пожалуйста.

Передо мной в дверях стояла чернокожая женщина лет тридцати двух, среднего роста, стройная, в серых спортивных штанах и чёрной футболке. Мне сразу бросилась в глаза её пышная высокая грудь. И её тёмные, большие, глубокие глаза.

— Меня зовут Эми. А вы, наверное, Бен, сын Марка, да?

— Да. А вы?

— Его домработница. Его лечащий врач запросил домработницу для него после его операций на сердце, и этот запрос был одобрен. Ближайшие месяцы я буду у него работать пять дней в неделю по пять часов в день, — сказала она, когда мы шли по коридору в гостиную.

— Привет, дэд. Как дела?

Отец сидел в кресле, выдвижная подставка для ног была поднята так, чтобы его ноги были подняты. Он смотрел по телевизору бейсбол.

— Привет, Бен. Я всё ещё жив, как ты успел заметить, — он улыбнулся, скривив губы на левую сторону.

Я никогда не любил эту его улыбку «на сторону», она мне напоминала не улыбку, а оскал какого-то хищного зверя.

Я опустился на диван, на котором уже сидела Эми, его новая домработница, рассматривая что-то в своём мобильнике. Не знаю, быть может, я сел возле неё слишком близко, и стоило мне откинуться на спинку дивана и положить свою правую ладонь на шершавую рельефную ткань возле своего бедра, как женщина почему-то тут же поднялась, будто бы я представлял для неё опасность.

— Хотите кофе? Чай? — спросила она, отойдя от меня на пару шагов.

— Нет, спасибо.

— А вам, Марк, дать что-либо поесть или выпить?

— Нет, пока не надо.

— Окей.

Женщина прошла в кухню, отделённую от гостиной перегородкой с вырезанным внутри большим проёмом, и стала мыть посуду. С места, где я сидел, я видел в квадратном проёме только её спину в чёрной футболке с коротким рукавом.

Я захотел её трахнуть. «Да, здесь и сейчас. Отец пусть сидит в кресле и смотрит свой дурацкий бейсбол. А я с ней уединюсь в спальне, там, кстати, дверная ручка с замком. Как хорошо, что ему дали эту домработницу. Она тоже будет не против заняться со мной любовью, это же очевидно». Эти странные, дикие мысли будто бы возникли сами собой, помимо моей воли, и пронеслись в моей голове вихрем. Я потёр пальцами свой наморщенный лоб. «Да, сейчас мы с ней удалимся в спальню и займёмся любовью».

В этот момент женщина оглянулась, будто бы подслушала мой внутренний монолог. Она широко улыбнулась, и её большие глаза дико и восторженно вспыхнули. Я повёл глазами и кивнул в направлении спальни. Она показала мне средний палец с красным накрашенным ногтем и, хохотнув, отвернулась. Я хмыкнул в ответ: мне тоже стало смешно от этого нашего содержательного немого диалога.

Затем я повернулся к своему отцу.

— Как дела, дэд? Похоже, ты сегодня получше.

Я взглянул на него — на этот раз профессиональным взглядом медика, работавшего в отделении «скорой». За короткое время работы в «скорой» я, незаметно для себя, успел выработать профессиональный взгляд: это когда ты выслушиваешь пациента, но твоё внимание сосредоточено не только на его словах, но и на том, бледное ли у него лицо, насколько расширены его зрачки, на его дыхании, словом, на симптомах, — чтобы определить, «критический» он или нет. Сейчас, согласно моей оценке, сидевший в кресле отец, ещё несколько бледный и осунувшийся после недавней последней операции, всё же не был «критическим».

— Тебе только так кажется, что мне лучше. На самом же деле мне по-прежнему нехорошо, — буркнул он с укором в голосе. — Сегодня у меня целый день высокое давление и болит голова с утра, — он тяжело вздохнул. — В общем, дела неважные.

Я нахмурился. Мне стало его жалко.

— Я позвонил доктору Шапиро, он посоветовал принять двойную дозу таблеток от давления. Посмотрим. Да, fucking старость, — он приглушил звук в телевизоре. Поднявшись, пошёл в туалет.

Бывший капитан доктор Мерси

Каждая смена начиналась с утреннего обхода. Команда врачей и социальных работников обходила всё помещение «скорой». Дежурные медсёстры, отвечавшие за определённые участки, представляли пациентов. После короткого совещания мы расходились по своим рабочим местам.

Первым делом я отправлялся в офис администрации отделения. Доктор Харрис решил, что я не только отличный рыбак, но и архиважный сотрудник и должен сидеть вместе с администрацией.

Я делил кабинет с доктором Адамом Мерси. Он был ведущим хирургом, а также занимал должность заместителя директора «скорой». До того, как стать врачом, доктор Мерси служил в армии, в спецподразделении, в чине капитана. Во время одной из военных операций с ним случилось нечто, о чём рассказать он мне не имел права, но, по его признанию, это навсегда изменило его жизнь. После этого случая он ушёл из армии и стал врачом. «Для того, чтобы больше не убивать, а только спасать человеку жизнь».

Тем не менее о своей службе в армии он мог рассказывать бесконечно. Выслушивая его красочные рассказы о боевых операциях, в которых он участвовал, мне порой казалось, что я сейчас не в больнице в Нью-Йорке и разговариваю не с хирургом, а нахожусь на каком-то полигоне в Северной Каролине, где вооружённый до зубов отряд готовится к отправке в чужую страну со специальной секретной миссией.

Первое время я считал, что доктор Мерси любит приукрасить свои былые военные геройства, тем более теперь, в свои пятьдесят пять. Он был полным, имел проблемы со здоровьем и мало походил на бывшего командира спецотряда. Он был гурманом, любил плотно поесть, постоянно шутил. Словом, производил впечатление эпикурейца и добряка. Но после того, как я увидел его во время работы в нескольких критических ситуациях, где требовалось мужество, молниеносная реакция и умение верно и в мгновение ока оценить положение, я пришёл к заключению, что если доктор Мерси и приукрашает свои былые подвиги, то ненамного.

«Кии-иии-арр!»

Мы встретились с Эми в парке, на Юнион-сквер. Ходили с ней по дорожкам, круг за кругом, над нами шумели кроны старых деревьев. Я видел, что на нас оглядываются мужчины, вернее, не на нас, а на Эми — она была грациозна и пластична, по её словам, когда-то в юности занималась танцами, и это явно не прошло бесследно. Правда, если судить по строгим эстетическим меркам, то в её телосложении имелась незначительная диспропорция: бёдра у неё были узковаты при такой высокой пышной груди и несколько широких плечах.

Она была в коротких джинсах, обнажавших щиколотки, и ярко-красной плотно облегавшей футболке, заправленной в джинсы. Она покрасила свои волосы в каштановый цвет. У неё на ресницах лежала густая тушь, а на веках поблёскивали серебристые крапинки.

Мы говорили с Эми, не умолкая.

— Я родом из Джорджии, моя мама была учительницей, а отец — механиком в автомастерской. В семье я была младшим ребёнком, маленькой принцессой, — рассказывала она о себе. — Моя мама была набожной женщиной, по воскресеньям водила нас в церковь, читала нам, детям, Библию и учила молиться. Мой отец умер от инсульта после очередного срыва — он был наркоманом, курил крэк. После этого мама вышла замуж за другого.

Она продолжала работать в школе до пенсии. Моя дорогая мамочка, она умерла в прошлом году, земля ей пухом, — Эми закатила вверх большие тёмно-карие глаза и, осенив себя крестным знамением, приложила пальцы сперва к губам, а потом к груди слева.

— Моя мама тоже умерла недавно, два года назад. А мой отец, у которого ты сейчас работаешь, тоже когда-то сильно пил. Так что наши с тобой истории чем-то похожи, — заметил я.

— Да, мы с тобой — как брат и сестра, — пошутила Эми, рассмеявшись.

Смеялась она громко, при этом широко раскрывая рот, обнажая свои крупные, не совсем ровные зубы. Пожалуй, неровные зубы были единственным недостатком её лица, с мягкими, гармоничными чертами и разнообразием выражений.

За столь короткое время нашего знакомства Эми представлялась мне загадочной и непонятной: то строгой и набожной, то мудрой и скромной, а то и развратной до невозможности. Но какие бы выражения ни принимало её лицо, какая бы эмоция ни овладевала ею и как бы она ни выражала свои чувства, — всё у неё получалось естественно и прекрасно.

Я впивался глазами в неё, испытывая странное, никогда ранее неведанное чувство, будто был слит с этой женщиной. «Неужели женщина делает нас теми, кем мы должны быть? Откуда у меня это странное чувство, что я знаю её давным-давно?» Причём я был уверен, что и Эми сейчас испытывает то же самое. Мы — два реинкарнированных дикаря из каменного века, спустя тысячи лет очутившиеся в Нью-Йорке и случайно встретившие здесь друг друга.

— Ещё я очень люблю ювелирные украшения, но не дешёвку, а настоящие, чтобы как произведения искусства.

— Постараюсь это запомнить. Зайдём в «Барнс и Нобелз»? У них там в кафе превосходный капучино, — предложил я.

— Окей, только перед этим давай зайдём в «Petco», я там куплю еду для своего Ромео.

— Для кого?

— Ромео — мой кот, мой единственный друг, кого я по-настоящему люблю.

После зоомагазина мы посидели в кафе «Барнс и Нобелз». Потом снова гуляли по парку. Вечерело. Мы проделывали, наверное, десятый круг по опустевшему парку. Нам не хотелось расставаться. Её веки в сумраке сверкали серебристыми крапинками, придавая и Эми, и этому скверу, и этому вечеру мистический оттенок.

* * *

— Ещё! Ещё! Ещё! Глубже! Дай мне свой член, Бен! В рот, в самое горло! Ах! Как вкусно! Я никогда в своей жизни не пробовала такого вкусного члена!

Я крепло сжимал её большие груди, покусывал её крупные соски. Я не представлял себе, что мой член обладает такими бойцовскими качествами, или, может, это её пальцы, губы и язык обладали какой-то магической силой…

В окно светила луна. Мы лежали с ней на кровати, друг возле друга.

— Мой отчим неровно ко мне дышал, — Эми продолжала рассказывать о себе. — Я уверена, он втайне хотел меня трахнуть, но на такое не решался, поэтому в качестве компенсации терроризировал меня как мог. В ответ на это я стала озлобленной и неуправляемой, преврати́вшись из маленькой принцессы в семье в козла отпущения. Закончив школу и получив диплом, я сбежала из дома и пустилась во все тяжкие. Я танцевала в разных стриптиз-клубах, подделав документы, что мне уже двадцать один год; меняла любовников и много пила. Под алкоголем я всегда чувствовала себя комфортно и в безопасности. Но я не знала меры и в этом состоянии, пьяная, совершала безрассудные поступки, из-за алкоголя у меня начались эпилептические удары, и я поняла, что мне пить нельзя вообще, — она ненадолго умолкала. — Я даже не знаю, Бен, зачем всё это тебе рассказываю. Почему-то хочу, чтобы ты знал обо мне правду. Всю правду обо мне знают немногие, можно даже сказать, никто. Но когда-нибудь обо мне узнают миллионы читателей.

— Каких читателей? — не понял я.

— Я пишу роман.

— Роман?

— Да, я писательница, уникальная писательница, не такая, как все.

— У тебя есть специальное образование?

— Нет. Одно время я хотела пойти в колледж на филологию, но изменила своё решение. Настоящему писателю нужен только талант и ничего больше. Я пишу везде и всегда, когда меня посещает вдохновение. Творчество для меня — спасение.

— О чём же этот роман?

— Я пишу обо всём, что меня волнует. Но самое главное — это роман о любви. О настоящей любви! Я долго об этом думала и пришла к выводу, что во Вселенной нет ничего сильнее любви.

— Хм-м. Интересно. И где же этот роман? Могу ли я его почитать?

— Нет, он ещё не завершён, я всё ещё над ним работаю. Кое-что я храню в черновиках на бумаге, что-то в лэптопе, а что-то просто в памяти. Мне предстоит всё это сложить в одно целое. Как бы тебе объяснить главное? Дело в том, что я не понимаю себя, не понимаю, кто я. Иногда мне кажется, что меня вообще не существует на земле. Я хорошо умею притворяться, играть разные роли, приспосабливаться к окружающей среде. Но глубоко в душе я отлично знаю, что всё это притворство. Я чувствую себя по-настоящему собой только тогда, когда на меня находит вдохновение и я пишу. Но вдохновение, увы, приходит не так часто, как хотелось бы, зато жить в реальной жизни приходится каждую минуту.

Она снова умолкла, и мы лежали молча, слушали, как за окном шелестят листья и порой, нарушив тишину, проезжает по дороге машина.

Неожиданно она повернулась ко мне:

— А скажи правду, Бен, тебе же наверняка приятно знать, что ты трахнул меня. Я знаю, что вы все, белые мужчины, хотите хоть раз трахнуть чёрную женщину, для экзотики. А потом рассказываете друг другу небылицы, как это было, как чёрная сука кричала во время траха на весь район, и что во время оргазма она едва ли не прыгала до потолка. Разве это не так? Да. Это так! Я и есть та самая чёрная сука! Иди ко мне, мой сладенький…

* * *

Утром, с ранним щебетом птиц за окном, мы проснулись и, не тратя лишнего времени на утренний моцион, вышли из квартиры. Я повёл Эми на ещё безлюдный солтмарш. Эми была в джинсах, я дал ей свою футболку. Она была без лифчика.

Там было совершенно безветренно. Мы вошли в рощицу, где на полянке несколько диких котов поедали из пластиковых мисок снедь, которую им регулярно приносят местные жители. Мы пошли по вьющейся широкой тропе, бегущей между кустов и деревьев вдоль залива.

— Неужели за все эти годы ты так и не освоила и не приобрела никакую нормальную специальность? — спросил я. — Я понимаю, писать роман — это интересно, но это же не работа. А домработница — извини, не специальность для такой умной женщины, как ты.

Она смутилась, будто бы я застал её врасплох этим вопросом.

— У меня есть то, что ты называешь нормальной специальностью. Да… Я… медсестра. Медсестра, — повторила она, понизив голос, будто бы желая, чтобы никто больше, кроме меня, этого не узнал. — Но сейчас я не хочу об этом говорить. Это очень неприятная для меня тёмная история. Я расскажу тебе об этом как-нибудь в другой раз. Смотри, енот!

Мы остановились возле густого куста, у которого мохнатый остроносый енот ел орехи. Зверёк был настолько занят поеданием орехов, что не обращал на нас никакого внимания.

Вдали, у самой воды, высился врытый в землю деревянный столб, увенчанный большим соколиным гнездом. К тому гнезду было очень сложно подступиться, повсюду росли колючие кусты, вся местность там была изрыта глубокими оврагами с грязной водой, остававшейся после постоянных океанских отливов. В начале лета там из яиц вылупились два соколёнка, недавно они стали покидать гнездо, вылетая под присмотром родителей.

Наблюдатель за птицами — мужчина средних лет, грудь которого была обвешана биноклями и подзорными трубами, — стоял на тропе, следя за соколами в гнезде.

— Можно посмотреть? — обратилась Эми к мужчине, причём до того непосредственно, словно к давнему приятелю.

Не меняя задумчивого выражения лица, мужчина снял со своей груди массивный бинокль и передал его Эми.

— Два родителя-сокола и два малыша-соколёнка, — промолвила она. — Эй, сёстры! Я здесь!

Похоже, одна из птиц услышала её призыв. Она вылетела из гнезда, взмыла ввысь и, закричав «кии-иии-арр!», понеслась по направлению к нам. Сделав над нами несколько кругов, вернулась в гнездо.

Эми медленно опустила бинокль. Она стояла, словно окаменев, широко раскрыв глаза.

— Ты в порядке? — спросил я, слегка встревожившись.

Но Эми молчала, оставаясь неподвижной. Потом повернула лицо ко мне, на её лице было выражение удивления и необъяснимого испуга.

— В меня сейчас вселилась душа птицы. Я стала птицей, свободным соколом!

Я молча кивнул, не смея ей возразить. Я понял, что она сейчас не шутит и верит в то, что говорит.

Это показалось невероятным, но, словно в подтверждение её слов, перед нами сверху медленно опустилось и легло на землю перо серо-коричневой окраски.

— Видишь?! Видишь?! О, мой бог! — Эми подняла соколиное перо и, поднеся поближе к лицу, внимательно рассмотрела его.

Мы продолжили наш путь. Вскоре очутились на берегу. Песок здесь был в мелких камешках и ракушках. Зато вода была прозрачной, как хрусталь, до того чистой, что можно было различить даже глаза мальков, плававших возле пучков травы.

— Я хочу купаться, — сказала она.

— Я никогда не видел, чтобы здесь купались, — заметил я, что было правдой.

— Что ж, я буду первой.

Больше не говоря ни слова, лёгким движением сняла с себя футболку, сбросила кроссовки, и расстегнув молнию, стянула джинсы.

— Держи.

Отдав мне свою одежду, улыбнулась — она явно перехватила мой взгляд, скользнувший по её прекрасному голому телу и её белым трусикам, которые тоже на моих глазах сползли с её бёдер и очутились в моих руках.

Я смотрел, как Эми пошла вдоль кромки воды, и её чёрные ягодицы слегка подрагивали.

В те минуты, стоя на берегу и глядя на неё, я понял, что абсолютно ничего не знаю о ней. Нынешняя домработница, бывшая стриптизёрша, писательница. Ещё и медсестра с тёмной историей. Как же всё это объединить в одно целое? Кто же она в действительности, эта загадочная женщина?

Тем временем Эми остановилась. Повернулась лицом к воде. Недолго постояв, подняла руки к небу, замахала ими, как крыльями, и неожиданно громко закричала: «Кии-иии-арр!»

Часть вторая

Предложение работы

Пару недель спустя мы приближались с Эми к дому, в котором я жил. На скамеечке возле дома сидели соседи — старички и старушки.

Приятные старички, с некоторыми из них я уже познакомился, они живут в этом доме давно, едва ли не четверть века, а то и больше. Их дети уже давно выросли и уехали кто куда. Они были рады, что в их доме поселился молодой мужчина. Старички приглашают меня играть с ними в бинго по четвергам — «казино» находится в подвале, и ещё зовут стать членом «Мужского клуба». Многие из них уже плохо слышат, плохо видят и плохо ходят. Но всё-таки держатся. Старая гвардия. Они — в правлении кооператива, все бразды правления коопа всё ещё в их руках.

Эми их не любит. Она считает, что они смотрят на неё «как на девушку из негритянского гетто».

Поздоровавшись с соседями, мы вошли в дом.

— Приготовься сейчас услышать потрясающую новость. Я поговорил сегодня со своим боссом, директором «скорой помощи» нашего госпиталя, вкратце рассказал ему о тебе, — промолвил я, открыв дверь своей квартиры и пропуская Эми вперёд.

— Ты, наверное, забыл. Я же тебе говорила, что случилось, когда я работала медсестрой и начала продавать таблетки. Меня накрыли, и мои профессиональные права медсестры временно приостановлены.

Она взяла соколиное перо, которое по её просьбе я сохранил, воткнув его в сувенирный подсвечник, стоявший на полке среди различных сувенирных побрякушек. Остановившись у зеркала, Эми стала гладить пером свою щёку и шею.

— Да, я помню. Ты пока не можешь работать медсестрой, но можешь делать что-то другое, к примеру, заниматься бумагами. В любом случае, это лучше, чем домработница. Алекса, играй «Дорз», «Whiskey Bar», — сказал я, снимая туфли.

— И что же твой босс ответил? — Эми продолжала гладить себя пером, рассматривая своё отражение в зеркале.

— Мой босс сказал: "If we do not find another whiskey bar, I tell you we must dye, I tell you, I tell you…" — пел я вместе с Джимом Моррисоном. — Босс возьмёт тебя в регистратуру. Подготовь своё резюме, я его отнесу в отдел кадров госпиталя.

Я подошёл к ней, положил ей руки на бёдра.

Она на миг задумалась, могут ли возникнуть проблемы с этой неожиданной возможностью трудоустройства.

— Вроде бы должно сработать.

Она стала гладить моё лицо и мою шею пером, а я, подняв подбородок, закрыл глаза и замурлыкал, как кот.

Кадиш

Мы сидели с отцом за столиком в открытом кафе. Я пил кофе, а отец — кока-колу. Кофе не был его напитком.

— Эми сообщила мне, что ты собираешься устроить её на работу в своём госпитале. Это правда? — отец пригладил свои жидкие седые волосы, зачёсанные назад.

— Да. Надеюсь, ей не откажут.

Отец похлопал себя по передним карманам джинсов.

— Fuck, я не курю уже три месяца, а руки сами ищут сигарету и зажигалку. Мы рабы своих дурацких привычек.

— Похоже, ты недоволен, что она от тебя скоро уйдёт.

— Немного. По натуре она совершенно бесшабашная баба и иногда может потратить целый день на чтение любовных романов, но, как многие чёрные женщины, умеет ухаживать за больным. К сожалению, я пока принадлежу к этой категории. Впрочем, не велика беда. Уйдёт эта, придёт другая. Ведь это не жена, а обычная домработница, обычная черномазая.

— До свидания, дэд, я пошёл, — я поднялся, чтобы уйти.

— Хорошо, хорошо, я виноват, — пробурчал он виноватым голосом, взяв меня за руку. — Не уходи. Ты такой горячий, слова нельзя сказать, — он держал мою руку до тех пор, пока я не сел. — Честно признаться, Бен, я не ожидал, что у тебя с этой Эми возникнут серьёзные отношения. Мне это совсем не по душе. Лучше бы ты вернулся к Саре и Мишель. Ты с ними поддерживаешь контакт?

— Практически нет.

— Жаль. Не обижайся, но твоя Эми не такая наивная, как это кажется на первый взгляд. Не будь слепым. Она хитрая и жадная, как все бывшие стриптизёрши.

— С чего ты взял, что она бывшая стриптизёрша?

— Сынок, стыдно признаться, но в стриптиз-клубах я проводил больше времени, чем с тобой, когда ты был ребёнком. Я вижу их насквозь. Эми профессионалка: умеет тянуть из мужиков деньги, как это делают все хорошие стриптизёрши. А чёрные это делают даже лучше белых. Ты как-нибудь сядь и посчитай, сколько денег ты уже на неё потратил, — на такси, на кафе, на разные побрякушки, на косметику и прочее женское барахло. Потом постарайся припомнить, вернула ли она тебе хоть цент. Молчишь? То-то, знаешь, что я прав.

Возникла недолгая пауза. Отец снова пригладил волосы и, приподняв голову, устремил взгляд куда-то вдаль.

— Да, много изменений у меня последнее время. За свою жизнь я собрал немного денег, у меня есть несколько источников дохода: две пенсии, включая профсоюзную. Плюс деньги в пенсионном фонде. Это одна сторона медали. Но, с другой стороны, вот уже третий год я живу один. Поначалу, оставшись один, я думал, что быстро сойдусь с другой женщиной, но почему-то ничего из этого не получается. Старые тётки не нужны мне, а молодым не нужен я. Будь я, скажем, лет на десять моложе, ещё можно было бы о чём-то говорить. Но мне уже семьдесят пять. Э-эх!

Мы снова помолчали.

— Послушай, сын. Давай-ка выберем день и съездим к маме на могилу, — неожиданно предложил он. — Я там не был со дня её смерти.

* * *

Я взял на работе отгул, и мы поехали на кладбище. Как мы договорились заранее, отец сидел за рулём своего Grand Cherokee. Он попросил меня, чтобы именно он вёл машину. Для него это было важно, как бы служило показателем, что он возвращается в форму. Он проработал почти тридцать лет водителем — сначала грузовика, потом школьного автобуса, и, понятно, мог вести машину с закрытыми глазами. Но возраст давал о себе знать, я это заметил, когда мы ехали: порой он тормозил слишком резко; не так уверено, как прежде, менял полосы движения и даже пару раз забыл включить поворотник, что сам считал признаком «бруклинских жлобов». Но, как и прежде, он часто ругался на водителей, которые подрезали ему дорогу или, не подавая сигнала, меняли полосу. «Кретин! Свинья болотная! Fucking шлэмазл! Разве можно так водить авто?!»

Мы добрались к месту нашего следования. Въехали в открытое ворота, и на малой скорости машина покатила по неровной асфальтовой дороге. Я ему даже не показывал дорогу — у отца была блестящая топографическая память. Он поворачивал где надо, несмотря на то что дорога между участками была довольно запутана — первое время после маминой смерти мне стоило немалых усилий, чтобы не заблудиться в этом лабиринте. А он-то здесь был лишь раз.

— Приехали, — он нажал на тормоз.

Был тёплый осенний день. Посетителей сейчас здесь не было, на дороге неподалёку стоял джип с прицепом, наполовину заполненным сухими листьями и ветками, возле него два работника в униформе курили и о чём-то громко разговаривали.

Отец достал из бардачка две чёрные ермолки, одну передал мне, другую надел сам и слегка прижал. В Бога отец не верил, одно из его любимых выражений было: «Ей-богу, не верю в бога». При этом он всегда усмехался, вероятно, находя эту пошлую фразу остроумной и смешной.

Но сейчас, глядя на него, в ермолке, покрывшей его голову с седыми, поредевшими волосами по краям, с пучками волос в ушах, с густыми бровями, с сумрачным, каким-то напряжённо-озабоченным взглядом, я невольно подумал о том, что отец сейчас очень органично смотрелся бы в синагоге с «Торой» в руках.

Мы пошли к серому гранитному камню, под которым уже два года лежала мама. Скорбная надпись на её камне была на английском и на древнем иврите, над её именем в граните были высечены семисвечник и шестиконечная звезда.

Рядом рос куст алых роз — этот куст был посажен на соседней могиле, появившейся здесь тоже два года назад. За это время куст разросся и потянулся своими бутонами к серому гранитному камню, под которым лежала мама.

Отец стал перед камнем, снова поправил на голове ермолку. Потом сложил руки спереди и издал глубокий вздох. Я стоял сбоку, смотрел то на камень, то на отца перед ним.

Передо мной в одно мгновение промелькнуло всё моё детство и отрочество. Я увидел кастрюли с самым вкусным на земле супом, который варила мама, и блюда с фаршированной рыбой. Я вспомнил выходные дни, когда мы всей семьёй ездили в Проспект-парк на пикники, и как укладывали в багажник зонтики и подстилки, когда ехали на пляж Кони-Айленд.

«Истада, истада, шмель рабо…» — услышал я странное бормотание.

Я пригляделся и прислушался — отец шептал молитву! Кадиш! Я знал эти слова, знал их наизусть. После смерти мамы я год ходил в синагогу, находившуюся неподалёку от дома, где тогда жил. Каждое утро в шесть часов там собирались мужчины — молились, облачившись в талесы. И я тоже приходил туда — мне это посоветовал раввин на маминых похоронах, — год ходить в синагогу и читать по маме кадиш.

Там, в молельном зале, мне давали книгу, где были написаны молитвы на двух языках — английском и древнем иврите, и мне указывали, какую страницу в определённый момент службы нужно читать. Но я не всегда следовал их указаниям, а просто листал молитвенник, некоторые листы были с загнутыми уголками, я выбирал молитву, которая мне попадалась на глаза, читал её, вникая в скрытый смысл истории о том, как Всевышний создавал человека и народ Израиля, какие возлагал на народ надежды и какие заключал с ним обеты. Моя рука была обмотана кожаными чёрными тонкими ремнями тфилина, а к моему лбу тоже тонкими ремнями была прикреплена чёрная деревянная коробочка, внутри которой лежала бумажка со словами священной молитвы. «Шма, Исраэль!»

Во время этих молений мне всегда казалось, что мама рядом со мной, что она никуда не ушла и никогда не умирала, а лишь изменила форму своего существования, чтобы уже больше никогда не расставаться со мной.

«Иштаба, иштаба, шмей рабо…» — это были слова кадиша, которые я, согласно традиции, тогда читал перед окончанием службы. Все молившиеся мужчины смотрели на меня с почтением и сочувствием, все знали, почему я здесь и какое у меня горе.

«Иштаба, иштаба, шмей рабо…» — тихо говорил отец, слегка покачивая седой головой, и я стал произносить вместе с ним незабытые слова кадиша.

Не знаю, сколько прошло времени, мне казалось — вечность.

— Вот и всё. Сделали доброе дело. Заодно подышали свежим воздухом вместе с покойниками, — закончив молитву, сказал отец и усмехнулся.

После этих его глупых слов меня вдруг охватил прилив злости — за его манеру говорить что надо и что не надо, за его фиглярство, за его умение всё испортить.

Присев, я стал собирать в кулёк лежавшие на земле возле могилы листья и опавшие лепестки роз. Я не хотел сейчас смотреть на отца. Я думал, что, поехав сейчас с ним к маме на могилу, смогу здесь его простить. Но нет, я по-прежнему чувствовал в своей душе безбрежный океан ненависти к нему…

Мы ехали назад, домой, по тому же шоссе, однако сейчас уже было полно машин, мы постоянно попадали в пробки.

— Оказывается, мы оба знаем кадиш. Когда-то давно я читал кадиш по своему отцу, ходил к пейсатым в синагогу. Хоть я, ей-богу, не верю в бога, — сказал отец, взглянув в зеркало заднего вида. — Помню, как раввин мне тогда сказал, что для еврея нет большей беды, если его сын после его смерти не будет читать по нему кадиш, — он нахмурился. Отец был бледен и явно чем-то подавлен. Мне даже показалось, что ему сейчас нехорошо физически.

Наконец мы добрались до улицы, где я жил. Он остановил машину возле моего дома. Я подумал, что надо бы его пригласить — ведь он ни разу не был у меня в новой квартире. Но мне этого не хотелось.

— Выходи, Бен. А мне нужно заехать в аптеку за лекарствами, — сказал он, словно прочитав мои мысли. — И знаешь что? — он вдруг положил свою руку мне на плечо.

Я напрягся. Не помню, когда он так — трезвый — спокойно и приветливо клал мне на плечо свою руку.

— Этим вопросом нужно было заняться давно, но я почему-то всё время откладывал. А теперь решил: куплю себе место на этом же кладбище, где твоя мама. Будешь у неё, может, подойдёшь и ко мне на пару минут.

Он вдруг легонько притянул меня к себе, и я почувствовал на своём лице прикосновение его щеки с колючей щетиной.

«Что-то совсем другое»

Я сидел в офисе с доктором Мерси, работая за компьютером. Мы оба были настолько заняты, что у доктора Мерси не было времени даже рассказывать истории о своей прошлой военной службе.

Наше молчание порой прерывалось, когда в офис вторгался директор доктор Харрис и набрасывался на доктора Мерси со страшной руганью:

— Адам, что за херня?! Почему ты мне раньше не сказал об этом?!

— Бл… Откуда я знал, что для тебя это важно? — отвечал доктор Мерси.

— Это никуда не годится, это хер знает что!

Оба врача были знакомы долгие годы, поэтому в своих разговорах тет-а-тет не слишком утруждали себя соблюдением нормативной лексики.

Смена заканчивалась. Босс наконец ушёл, я и доктор Мерси тоже стали собираться домой.

— Майкл отличный парень, отходчивый и незлопамятный. Но сегодня он меня просто достал, — промолвил доктор Мерси с раздражением. — Вероятно, это потому, что в администрации госпиталя утром было какое-то закрытое совещание, обсуждали что-то очень важное, какие-то новости, подозреваю, не очень приятные, — он выключил свой компьютер, стал укладывать в сумку какие-то бумаги. — Кстати, Бен, ты обратил внимание на то, что в последние недели у нас в ER появилось слишком много пациентов-китайцев?

— Да, действительно. Вы сейчас подтвердили мои наблюдения: в последнее время среди наших пациентов многовато китайцев. Непонятно, почему.

— И у них у всех одни и те же симптомы: проблемы с дыханием, температура, слабость. Мы им ставим диагноз: бронхит или воспаление лёгких. Но, по-моему, это что-то совсем другое, — доктор Мерси поднялся, застегнул молнию куртки, поправил очки на переносице и, задумчиво посмотрев на меня, повторил. — Да, это что-то совсем другое, нечто, с чем нам до сих пор никогда не приходилось иметь дело.

Ведьма

—Что ж, я так и знала. F-fuck! — Эми налила в бокал сельтерскую воду и выпила залпом.

— Почему же ты мне раньше об этом не сказала? Я думал, что у тебя только временно приостановлено право быть медсестрой. Оказывается, ты ещё и под надзором прокуратуры по решению суда! Естественно, в госпиталь не берут на работу людей с открытыми уголовными делами. В отделе кадров сделали полную проверку твоей уголовной истории, и это открылось.

— Я надеялась, авось никто не узнает, может, как-нибудь проскочу.

— Да-да, понимаю, как я уже убедился, это твоё жизненное кредо, твоя жизненная философия: авось как-нибудь проскочу, может, никто не узнает, авось, повезёт, — сказал я нравоучительным тоном, акцентируя голос на слове «авось».

Она вдруг нахмурилась:

— Не смей со мной разговаривать таким тоном! Я не твоя жена. Да, я влипла, по своей же вине. Но я за это заплатила высокую цену. Ты даже не можешь себе представить, через что я прошла! — сказала она со злостью, но на её глазах заблестели слёзы.

— Извини за мой тон, — ответил я, смутившись. — Сегодня меня вызвал к себе босс и возмущался, почему я его не предупредил о том, что у тебя ещё открыто уголовное дело и ты под надзором. Он ведь рассчитывал, что ты будешь работать у нас в регистратуре. Я стоял как идиот и не знал, что ему ответить.

Кивая, Эми вопросительно уставилась на меня, будто бы ожидая разрешения на что-то.

— У тебя есть вино, Бен? — она подняла пустой бокал, из которого только что выпила воду, и протянула ко мне. — Налей, мне хочется сейчас напиться до чёртиков.

Я отрицательно покачал головой.

— Бенжик, ну пожа-а-алуйста.

— Нет.

— Fuck! — она опустила бокал на стол с такой силой, что я удивился, почему он не разбился. Она была готова расплакаться.

— Успокойся, это не конец света. Не получилось в этот раз, получится в следующий. Пошли лучше погуляем по солт-маршу. Там тебя ждут коты, чайки и крабы.

* * *

Было ещё светло, но в небе всё яснее проступала жёлтая луна. Мы шли с Эми по широкой земляной тропе, вьющейся по солт-маршу, вдоль залива. Тёмно-лиловую водную гладь больше не тревожили заплывавшие сюда катера. Вдали, на противоположном берегу, были видны тёмные движущиеся близко друг от друга точки, вероятно, это стая серых уток искала у берега поживу.

— Нью-Йорк — холодный город. Сколько лет здесь живу, не могу привыкнуть к вашему жёсткому климату, который не сравнить с тёплым мягким климатом в Джорджии, — сказала Эми.

— Да-а-а, — отозвался я, глубоко с наслаждением вдыхая запахи сырой земли и умирающих листьев.

Возле дома было безветренно, а здесь, на открытом пространстве, ветер показывал свой норов, задувая холод под куртку. Но мы решили с Эми пройти «весь маршрут», сделав широкий круг.

Вдали в наползающих из-за горизонта сумерках ещё был слабо различим высокий столб с ястребиным гнездом. Но уже была глубокая осень, птенцы оперились, выросли и улетели, и гнездо опустело до следующей весны.

Остановившись, Эми посмотрела на пустое гнездо, затем помахала руками и закричала:

— Эй, сёстры! Я здесь! Сюда!

Однако никто не отозвался на её призыв. И мы пошли дальше.

Не щебетали птицы, словно попрятавшись куда-то. Лишь порой одинокая ворона, откуда-то прилетев, с тоскливым карканьем садилась на голую ветку. Создавалось впечатление, что солт-марш стал неживым, заброшенным и никому не нужным.

— Ты слышала про новую эпидемию в Китае? — спросил я. — Непонятно, что это за вирус, откуда он взялся и как с ним бороться. Надеюсь, до нас эта дрянь не доберётся.

— Да, будем надеяться. Идём быстрее, я замёрзла, — Эми зябко продёрнула плечами и, набросив на голову капюшон, ускорила шаг.

* * *

Ночью я открыл глаза, разбуженный странными звуками. Мне почудилось, будто бы совсем рядом хлопают птичьи крылья. Присмотревшись, я увидел на подоконнике шевелившееся тёмное пятно. «Кто это? Белка? Или летучая мышь? Но как это существо сюда попало? Перегрызло металлическую сетку от комаров в окне? Оконная рама там опущена до конца, неужели оно пролезло в какую-то щель?» Я напрягал зрение, стараясь разглядеть, кто же это на подоконнике.

«Кии-иии-арр!» — раздался пронзительный крик, и загадочное тёмное существо, сорвавшись с подоконника, стало летать по комнате, ударяясь в шкаф, в стены, в зеркало. Я включил настольную лампу.

Это был молодой сокол, быть может, один из тех, который этим летом вылупился из гнезда на высоком столбе на солт-марше, но почему-то не улетел на зиму вместе со своими собратьями. Птица билась о зеркало, съезжала по стеклу вниз, стараясь уцепиться когтями и клювом хоть за что-то на гладкой зеркальной поверхности. И продолжала отчаянно кричать.

Эту сцену было невыносимо наблюдать. Поднявшись с кровати, я открыл окно. Затем взял птицу сзади за крылья, чтобы выпустить её в окно. Но стоило мне сделать шаг, как сокол стал больно бить меня крючковатым клювом, оставляя на моих кистях кровавые раны. Он бил меня клювом и в грудь, и в живот.

«А-а!» — закричал я от боли и… проснулся.

Я ещё не совсем пришёл в себя. Провёл рукой по скомканному рядом одеялу в надежде нащупать Эми. Но, увы, её рядом не было!

В комнате было темно. Дверь в гостиную была закрыта, но сквозь щёлку внизу оттуда проникал слабый свет. Поднявшись, поправив трусы и всё ещё поглаживая свои кисти, будто бы они были в свежих ранах от птичьих ударов, я тихонько открыл дверь и прошёл в гостиную. Остановился на пороге комнаты.

Эми, в чёрной футболке с коротким рукавом, в чёрных трусиках, сидела за столом, закинув ногу на ногу. Что-то писала на листе бумаги, лежавшем перед ней. Она хмурилась, покусывала широкие губы и выпучивала большие глаза. Она тяжело дышала, я видел, как тяжело вздымается под футболкой её грудь. Порой она крепко сжимала в кулак свободную левую руку, так крепко, что, казалось, вот-вот хрустнут её пальцы. Всё её лицо будто бы надулось, став каким-то страшным.

«Ведьма! Настоящая ведьма!» — подумал я невольно.

— Бенни? Это ты? Ты почему не спишь? — оторвав взгляд от бумаги, она подняла голову и удивлённо посмотрела на меня.

Я пожал плечами.

— Хочешь кое-что послушать? — спросила она с возбуждением и странным восторгом. И, не дождавшись моего ответа, взяла исписанный лист бумаги и, слегка приблизив его к лицу, стала выразительно читать: «Жизнь — это Слово. Это Слово живёт во мне, оно зачато во мне, глубоко в моей матке, там оно растёт и хочет выразиться через меня. Слово постепенно становится мной, а я — им, оно течёт через меня, в меня, из меня, оно течёт, как река, как вечный неиссякаемый источник, втягивая в себя всё — и живое, и мёртвое. Бог создал меня только для того, чтобы во мне было зачато и через меня выразилось это живое Слово, — сделав небольшую паузу, она перевернула лист другой стороной и продолжила. — Благодаря Слову я становлюсь мерцающей звездой, тяжёлым камнем и лёгкой птицей. Да, я становлюсь соколом, парящим в осеннем небе ястребом! Я ле-е-чу-у!.. — она взмахнула свободной рукой, как крылом, и продолжала плавно размахивать ею в такт чтению. — Юго-западный ветер подхватывает и несёт меня вверх. Я плыву в воздушном потоке, в голубом океане воздуха. Моё сердце обросло плотью, пухом, перьями. Потоки воздуха поднимают меня выше и выше. Сомкнув крупный крючковатый клюв, я смотрю зорким жёлтым глазом в ту сторону, где в сизой дымке слабо проступают голубые хребты Джорджии. Я хочу полететь туда, но восходящим потоком воздуха меня поднимает ещё выше. Я уже так высоко, что исчезает горизонт. От недостатка воздуха сжимаются мешочки моих лёгких. Вот это меня занесло! Я чувствую гнев, смешанный с ужасом свободы. Из моей груди вырывается пронзительный крик: „Кии-иии-арр!"» — издав крик, похожий на соколиный, Эми умолкла, положив на стол ладонь с растопыренными пальцами. Её грудь волновалась так, будто бы Эми ещё находилась в плотных слоях атмосферы.

— Ты ведьма, талантливая ведьма, — прошептал я, приблизившись к ней, чтобы её обнять.

Она повернулась ко мне и, расхохотавшись, вдруг толкнула меня в грудь. Я решил ей подыграть — притворился, будто потерял равновесие, и упал на пол. Вскочив со стула, Эми подлетела ко мне, вонзила в мою грудь свои острые ногти и, наклонившись ко мне, прошептала:

— Сейчас я выклюю тебе сердце.

* * *

А на выходных мы с ней пошли в известный «Коттон клуб» в Гарлеме, где давали перформанс чернокожие джаз-певцы. Да-да, тот самый клуб, который стал центром событий в знаменитом фильме «Клуб „Коттон"», прославив впоследствии и режиссёра Френсиса Копполу, и актёров, в нём снимавшихся, и сам этот клуб. Я в этом клубе никогда не бывал, более того, даже не знал, что он до сих пор существует.

Мы сидели за столиком и, заказав еду, слушали музыку. Эми выглядела в тот вечер настоящей королевой: на ней было ярко-красное приталенное платье чуть ниже колен и чёрные колготки с серебристыми блёстками. Она сделала высокую причёску в стиле «афро», покрасив волосы в рыжеватый цвет. На груди лежало чёрное гранатовое ожерелье с низкой крупных камней, которое я ей недавно подарил.

Эми была в ударе и безусловно в центре внимания: она подпевала певице, танцевала и участвовала в коротких беседах с собравшейся аудиторией, среди которых были не только обычные поклонники джаза, но и музыкальные продюсеры, дизайнеры и прочая богемная публика.

Глядя на неё, любуясь ею, я понял, что окончательно теряю голову и влюбляюсь в эту женщину ещё сильнее.

Часть третья

Новый Нострадамус

Каждое утро, как и прежде, группа медиков обходила всех пациентов в отделении «скорой», мы выслушивали короткие отчёты медсестёр. Теперь я внимательно вслушивался в «дело» каждого пациента; если раньше меня интересовали исключительно «жёлтые халаты», то теперь я хотел знать про всех остальных.

Вирус уже вышел за пределы Китая, пересёк океан и расходился по Америке. Количество умерших от ковида в США уже исчислялось тысячами. В прессе сообщили, что какой-то адвокат недавно вернулся в Нью-Йорк с конференции в Китае, провёл встречу с коллегами в Манхэттене и, согласно последним данным, заразил сразу более пятидесяти человек! Это тогда звучало шокирующе — один человек на одной встрече заразил сразу полсотни! Утешало вот что: это ведь произошло в Манхэттене! А мы — в Бруклине, может, до нас эта дрянь не доберётся. (Да-да, это ведь колоссальное расстояние — от Манхэттена до Бруклина — полчаса езды на машине или час метро. Нью-йоркский сабвэй, кстати, в день перевозит до миллиона пассажиров.)

Но вот уже стали и у нас в «скорой» появляться первые «ласточки» — пациенты с диагнозом ковид-19. Вначале их размещали в специальных изолированных одноместных палатах. С каждым днём, однако, наплыв людей заметно увеличивался. Что интересно, к нам обращались не только больные, кому было физически плохо. Первое время приходили и перепуганные, растерянные люди. В своём большинстве — одинокие. Они уже знали про ковид, но ещё не понимали, что нужно делать и как от него спасаться. Поэтому ехали в госпиталь. Таким бедолагам мы советовали поскорее уйти, потому что госпиталь становился опасным местом с точки зрения возможности заразиться. Однако не все соглашались. В таких случаях мы обращались к полиции, чтобы незваных гостей вывели из здания. Не все соглашались уходить, требовали оставить их здесь, угрожали подать на госпиталь судебный иск, были даже такие, кто в знак протеста просто ложился на пол посредине коридора — не уйду и всё! В таких случаях полицейские брали их за руки и ноги и по полу волокли к выходу.

Доктор Адам Мерси всё реже сидел в офисе, большую часть времени он проводил внутри отделения. Он шёл по коридорам «скорой» тяжёлой походкой, широко размахивая руками. Несмотря на полноту, в его фигуре чувствовались мощь, энергия, решительность бывшего военного. К нему с различными вопросами подходили медсёстры, студенты резидентуры, социальные работники. Он — на ходу, не останавливаясь, в лучшем случае, сбавляя шаг — отдавал распоряжения: этого отправить в психбольницу, того — в кардиологию, а того — домой. «Выписать его домой, к ху..м, и немедленно».

Глядя на него в такие минуты, я представлял себе Тот Свет, куда мы все попадём после смерти и где нас встретит Господь Бог. Быть может, Господь Бог совсем не такой, каким мы Его себе представляем, — не восседающий величаво на небесном троне? Может, Господь Бог — там, как и доктор Мерси, идёт по небесному коридору тяжёлой походкой и ежесекундно отдаёт ангелам распоряжения насчёт каждого новоприбывшего: «Этого — в рай, этого — в чистилище, а этого — в ад, к ху…м, и немедленно».

А доктор Харрис, как директор отделения, проводил частые совещания с персоналом и постоянно появлялся в каждом уголке вверенной ему части больницы. Ситуация менялась на глазах, нужно было каждую минуту принимать решения, откладывать на завтра было невозможно. Что-то в нём изменилось: босс стал неестественно спокойным, сосредоточенным и необычно вежливым. Теперь он экономил свою душевную энергию, как будто догадывался, что скоро она ему понадобится в небывалых количествах.

— Бен, хочешь знать, как я вижу нашу жизнь в недалёком будущем, связанную с пандемией? — спросил он. — У меня есть на этот счёт очень ясные соображения. Итак: очень скоро уровень заболеваний и смертности резко возрастёт. Начнётся экономический спад, безработица. Как результат — неизбежно подскочит уровень преступности. Наша цивилизация станет на путь деградации, — доктор Харрис распрямил большой палец в кулаке и указал им в направлении пола. — Короче говоря, fucking Армагеддон.

— Доктор, вы звучите, как новый Нострадамус.

— Я слышу твой сарказм, мой друг. Что ж, вернёмся к нашему разговору через несколько недель.

Ревность

Эми попросила меня подъехать к ней домой, чтобы отвезти её кота к ветеринару. «У Ромео понос, ему срочно нужны лекарства». Она в таких трагических тонах описывала страдания своего кота, что моё сердце дрогнуло: я отработал смену без ланча, чтобы уйти с работы пораньше и заняться её котом.

Эми не нравилось, что мои соседи якобы смотрели на неё как на «девушку из чёрного гетто». Тем не менее, в силу сложившихся обстоятельств, связанных с её таблеточно-криминальной авантюрой и последовавшим за этим профессиональным и финансовым фиаско, она вынуждена была поселиться в самом настоящем гетто — районе для людей с так называемым низким доходом, а попросту говоря — среди паразитов, поколениями проживающих на государственных пособиях. Я бывал в том гетто пару раз и до этого, когда чинил глушитель своей машины в авто-мастерской. Но это было до пандемии, я не имел представления о том, изменилось ли там что-то с тех пор.

Итак, я медленно ехал по улицам гетто, мой «ниссан» подбрасывало на ухабах и колдобинах, многие дороги здесь были разрыты и перекрыты для движения — велись работы по укладке труб к нескольким многоэтажкам. Вероятнее всего, этот грандиозный проект реконструкции был задуман и начат до пандемии, а теперь пришлось вносить коррективы, учитывая новые обстоятельства, когда не хватало рабочих. Разобраться, как попасть по нужному адресу, какая дорога перекрыта для движения, а какая нет, было крайне сложно. То там, то тут бу́хали гигантские молотки гигантских строительных машин, вгоняя в землю сваи и укладывая бетонные блоки. В местах, где велись работы, всё гремело и рычало, в воздухе стояла гарь и копоть.

Зато на других улицах было поразительно тихо, там валялся мусор, в некоторых местах этот мусор был явно вывален из мусорных урн и контейнеров прямо на землю. То тут, то там у заборов и под стенами домов сидели на ящиках бомжи, пили водку и пиво и о чём-то громко спорили. В одном месте я проехал мимо настоящего лагеря бомжей, — там на земле валялись их одеяла, матрасы, одежда, даже стояла посуда и газовая плитка для приготовления еды. Люди разного возраста и разного цвета кожи, но в большинстве чернокожие, под грохот магнитофона пили алкоголь и курили траву.

Меня поразило, и это не могло не броситься в глаза, количество разбитых стёкол в припаркованных машинах. Едва ли не на каждой улице стояли машины с разбитыми боковыми стёклами, повсюду на тротуаре невысокими горками лежали мелкие кусочки битого стекла. Проходившие мужчины мочились прилюдно на стены домов, даже не пытаясь соблюсти хотя бы видимость норм приличия.

За всё время своего путешествия по этому району я увидел лишь одну полицейскую машину.

Я невольно вспомнил слова доктора Харриса о том, что из-за пандемии наша цивилизация начнёт деградировать. «Fucking Армагеддон». Я тогда посмеялся над его словами и шутя назвал его новым Нострадамусом. Я считал, что врачи смотрят на жизнь исключительно под углом физиологии; да, они могут принимать неординарные решения относительно лечения, но стоит им выйти за рамки медицины в область культуры и социологии — и они начинают мыслить штампами и стереотипами.

И вот пожалуйста: прошло не более месяца — и первые признаки fucking Армагеддона перед моими глазами.

* * *

Через некоторое время я сидел на небольшом диване в квартире Эми на втором этаже. Смотрел, как она одевается.

— Какая обстановка у вас в «скорой»? Много больных? — спросила она, надевая трусики, а затем и шерстяные штаны, незадолго перед этим снятые с неё не без моей помощи.

— Да, с каждым днём больных всё больше и больше.

— Ты там ходишь в маске? — слегка согнув ноги в коленях и присев, она подтянула в поясе надетые штаны.

Этот жест — подтягивание спортивных штанов в поясе с лёгким приседанием — заставил меня на миг замереть. Это её движение мне напомнило маму. Мама точно так же, как и Эми сейчас, подтягивала спортивные штаны, и меня почему-то всегда умиляло это её движение.

— Да, стараюсь ходить в маске. Но маску у нас трудно раздобыть. Маски дают только врачам и медсёстрам. И то — по одной штуке на смену. Все остальные работники защищают себя по мере собственных сил и возможностей: одни обматывают себе лицо платками или шарфами, другие надевают очки или маски для плавания, кто-то пришёл в мотоциклетном шлеме, — ответил я, вставая и беря со стула свои джинсы.

— Ты серьёзно?

— Абсолютно. Наше отделение теперь напоминает шапито. Сегодня из хозяйственного магазина привезли подарок — магазин пожертвовал пятьдесят специальных защитных щитков для лица, которыми пользуются плотники. Я помогал занести эти щитки к нам в здание.

— Кто бы мог поверить, что мы окажемся в такой ситуации, хуже, чем в какой-то банановой республике, — Эми надела через голову джемпер и стала причёсываться.

А я тем временем прошёл по комнате, старый паркет под тяжестью моего тела скрипел так, будто бы по нему идёт слон.

Квартира, в которой жила Эми, состояла из одной комнаты, совмещённой с кухней. Потолок, когда-то белый, теперь — серый, весь был в мелких трещинах, как в трещинах были и стены. В целом здесь было чисто, правда, порядок был неидеальным.

— О чём ты задумалась? — спросил я, видя, как Эми неподвижно уставилась взглядом в какую-то точку на стене.

— Да так… Жалко, что я ничего не могу сейчас делать, как медсестра. А ведь я имею образование медсестры и опыт работы, хоть и недолгий, и могла бы сейчас быть полезной. Увы, не могу! Кстати, пишут, что чернокожие переносят ковид тяжелее, чем белые, и среди чёрных выше смертность.

Не уверен. К нам в «скорую» привозят ковидных пациентов в тяжёлом состоянии всех подряд, независимо от расы.

— Ты просто не обращаешь внимания на то, что чёрных больше, — сказала она безапелляционным тоном. — Ладно, пора ехать. Ромео, иди ко мне, моя детка.

Всё это время кот лежал на мягкой подстилке под столом. Эми взяла кота на руки, прижав к груди.

— Мой бедненький малыш, иди к своей мамочке. Мы поедем к врачу, и он тебя вылечит. Моя лапушка, — она поцеловала кота в морду.

Эта сцена вызвала у меня нехорошую реакцию. Мне стало неприятно от мысли, что я буду целовать её после того, как она целовала кота. Я никогда не любил котов: мне никогда не нравился их запах, а ещё в глубине души я даже их почему-то побаивался.

Мне также было досадно, что Эми живёт в такой убогой обстановке.

Тем временем она пододвинула ногой пластмассовую клетку и впустила туда измученного кота. Сняла с вешалки куртку с капюшоном:

— Я готова. Что случилось, Бен?

А я стоял у старого невысокого шкафчика, смотрел на фотографии в рамочках. На фото Эми была в разных местах и с разными людьми. Мне понравился снимок, где она в провокационном бикини на пляже в обнимку с молодой женщиной, быть может, своей подругой. Мне также понравился снимок, где она обнимает немолодую женщину в кресле, наверное, свою маму. Но мне совершенно не понравился снимок, где она — в профиль — целуется с молодым чернокожим мужчиной в белой футболке и белой бейсбольной кепке на голове, сдвинутой козырьком назад.

— Скажи мне, а почему я должен целый день оставаться голодным и работать без ланча ради твоего кота? Между прочим, ты даже не предложила мне поесть, — сказал я, чувствуя, что кровь приливает к моим вискам. Она встречается со мной, но хранит его фотографию! — Это твой уголовник? — спросил я, указывая на фото.

— Почему ты такой ревнивый, Бен? Да, это Джейсон, мой бойфренд. Я тебе рассказывала о нём. Его тюремный срок заканчивается через год, но, надеюсь, его выпустят раньше.

— Лучше бы этот зэк там оставался как можно дольше.

— Не говори таких глупостей. Ты даже не знаешь, какой он человек, — её глаза засверкали каким-то злым бесовским блеском. Она отбросила прядь с лица. — Так мы едем к ветеринару или нет?

— Не уверен. Во-первых, я голодный и хочу есть. А во-вторых, я хочу, чтобы ты избавилась от этой фотографии.

— Ах так? — она подошла, взяла в руки эту фотографию и несколько раз демонстративно её поцеловала. — Мой сладенький Джейсон. Ты же знаешь, как я и моя горячая пусси соскучились по тебе, — затем она поставила фото обратно и стала передо мной, положив руки на поясницу. — А так тебе нравится?

Я засопел.

— Если ещё хоть одно слово вылетит из твоего рта…

В этот момент в квартире всё задрожало: на улице машина стала вгонять в землю гигантскую сваю. После каждого удара весь этот старый четырёхэтажный дом содрогался от крыши до основания так, что казалось, ещё один удар будет для него последним. Этот мощный грохот с улицы сопровождался мелким позвякиванием посуды на её кухонном столе, на полу подпрыгивали её туфли, сапоги, роликовые коньки и консервные банки с питанием для кота.

Повернувшись, я со всего размаху смёл со шкафчика стоявшие на нём фотографии в рамочках так, что они со звоном разлетелись по полу.

— К чёрту! — и направился к наружной двери, сорвав с вешалки свою куртку. Вышел, хлопнув дверью. Сбежал по ступенькам вниз и зашагал к припаркованной неподалёку от подъезда своей машине.

— Больше никогда не звони мне! — услышал я сверху голос Эми из окна.

Но я, не оглядываясь, шёл вперёд.

Удар

-**Б**ен, это я.

— Слышу, что ты. Что случилось? — спросил я отца, услышав в своём мобильнике его низковатый, приглушённый, но всё ещё крепкий, без стариковской хрипоты, голос.

— Тут такое дело… — он замялся, будто бы не зная, как объяснить ситуацию.

Это было для меня странным — мой всезнающий отец колеблется и не знает, как лучше изъясниться. Сколько его помню, он всегда высказывался быстро, порой даже слишком быстро. Из-за этой манеры скорых суждений он нередко говорил что попало, и — что хуже всего — мог вольно или невольно кого-то оскорбить.

Во времена моего детства в разговоре со мной он вообще был обычно груб, редко слушал, что я говорю. Порой, помню, я ему рассказывал что-то для меня важное. Он вроде бы слушал, кивая, а потом ни с того ни с сего перебивал, спрашивая о чём-то совершенно другом, не имевшем никакого отношения к моей «исповеди», и мне становилось ясно, что он меня не слушал вообще. Впрочем, он редко давал мне высказаться, как правило, говорил он — в манере раздачи распоряжений и инструкций, которые нельзя было обсуждать, так как я всё равно всегда был для него «тупицей» и «балбесом».

И вот в последнее время, с тех пор как я с ним снова сблизился после его операций на сердце, я стал замечать за ним некую странность. С него слетел налёт всезнайства, заметно изменилась его манера тут же, не задумываясь, отдавать распоряжения. Я стал замечать, что перед тем, как что-то сказать, он порой колеблется, раздумывает, будто бы пытается подобрать нужные слова, чтобы выразить свою мысль. Такое с ним случалось пока нечасто, однако случалось, и этого невозможно было не замечать.

— Тут ситуация с Эми, — сказал он. — Она сегодня не такая, как обычно. Она вся распухшая и дрожит. Как будто больная. Может, это у неё fucking вирус?

— Где она сейчас?

— Здесь, у меня. Я дал ей две таблетки тайленола, как она попросила. Я думаю, нужно вызвать «скорую». Но она не хочет ехать в госпиталь.

— Ничего не делай. Жди меня, я сейчас приеду.

Вскоре я уже мчался по шоссе вдоль Гудзона. Превышая дозволенную скорость, нёсся под семьдесят миль в час, обгоняя машины.

«Какого чёрта я еду её спасать? Почему меня вообще это должно волновать? Она ведь ждёт своего уголовника из тюрьмы», — говорил я себе.

Но в душе, конечно, я был рад, что сейчас наконец увижу её, потому что ужасно по ней соскучился.

— Где она? — спросил я у отца, открывшего мне дверь своей квартиры.

— Здесь, в гостиной. Хорошо, что ты приехал. Её не было четыре дня, а сегодня пришла. Посмотри, в каком она состоянии, — лепетал отец, семеня за мной следом.

Эми лежала на диване, поджав ноги к животу, а руки прижав к груди. Смотрела перед собой широко раскрытыми глазами. С уголка её полураскрытого рта стекала тягучая слюна. Она вся дрожала. Её серые шерстяные штаны были в каких-то пятнах. Перед кроватью на полу валялись её грязные кроссовки.

— Не пойму, что с ней. Утром она пришла, ещё была более-менее, сказала, что у неё болит голова. Но через пару часов стала совсем никакой, — сказал отец, подойдя к ней. — Я вижу, что тебе лучше не становится, только хуже. Мы должны вызвать «скорую».

— Я не хочу ехать ни в какой госпиталь. Мне скоро станет лучше, и я пойду домой.

— Что у тебя болит? — спросил я, сделав шаг к ней, хотя уже отлично знал, что с ней и почему она в таком состоянии.

— Живот. И тяжело дышать. Меня всю трясёт, и голова раскалывается, — ответила она, даже не глядя на меня. — Мне так плохо, что, кажется, сейчас умру. Так плохо мне ещё никогда не было. Я вижу какой-то странный свет, какие-то белые пятна вдали. Я боюсь, мне страшно…

— Принеси воды, скорее, — велел я отцу.

Из кармана джинсов я достал две пластинки с красными продолговатыми таблетками, которые я взял из отделения «скорой». Отделив ногтем в уголке фольгу, сорвал покрытие и положил две таблетки себе на ладонь.

— На, бери, — я помог Эми приподняться, чтобы она приняла таблетки, отец дал ей чашку с водой, чтобы она запила.

— Что это за таблетки? — спросила она.

— Не переживай. Бери, и всё, — я поддерживал её сзади за шею, слегка наклонившись к ней. Мне в нос ударил резкий отвратительный запах, какой обычно исходит от алкоголиков.

Я чувствовал, что моё сердце сейчас разорвётся от чувства вины — ведь Эми пила из-за меня, после той дурацкой сцены ревности, которую я ей недавно устроил! «Да, конечно. После нашей последней размолвки, когда я ушёл, хлопнув дверью, она пила четыре дня подряд».

— Сейчас тебе станет лучше. Потерпи, — сказал я, бережно укладывая её на спину. — В госпиталях сейчас полно ковидных, не думаю, что для нас это лучший вариант. Мы справимся сами. План такой: я принесу из госпиталя ещё таблетки на неделю. Мой пропуск позволяет мне открывать двери в комнате, где хранятся лекарства.

Она слабо улыбнулась.

— Ты для меня будешь воровать таблетки из госпиталя. Смотри, будь осторожен, чтобы и тебя не лишили прав медработника так же, как меня когда-то.

— Не переживай. Дэд, она останется у тебя до вечера. А я поеду сейчас на работу, я отпросился на час. После работы вернусь с таблетками, и мы решим, что делать дальше, окей? — сказал я ему, причём приказным тоном. Мысленно отметил, что теперь я разговариваю с отцом точно так же, как он когда-то со мной, вернее, не разговариваю, а отдаю ему распоряжения. Как быстро, однако, поменялись наши роли в жизни!

— Ты хочешь подняться? — спросил я Эми, видя, что она села на кровать, свесив ноги.

— Да, мне надо в туалет, — она встала.

— Ей холодно. Нужно закрыть окно. И достань из кладовки ещё один плед для неё, — велел я отцу, посмотрев на часы. — Всё, я побежал. Скоро вернусь.

Она кивнула. Неожиданно потянула руки ко мне.

— Бенжи! А-а-а!!! — издав вопль, вдруг рухнула на пол. Несколько мгновений она стояла на коленях передо мной, и я не мог понять, что с ней. У меня даже мелькнула глупая мысль, что Эми сейчас разыгрывает передо мной глупую сцену покаяния. Но ещё через несколько секунд, когда она на полу перевернулась на спину, я понял, в чём дело. Эпилептический удар! У неё в спазмах тряслись руки и ноги, всё её тело перекрутилось, будто бы кто-то его истязал изнутри, выламывая ей все суставы. Её лицо исказилось, изо рта выступила белая пена.

— Хр-хр-хр… — хрипела Эми.

Я упал перед ней на колени. Я знал, что в случае эпилептического удара без специальных лекарств я бессилен.

— Дорогая, родная. Нет, нет, — шептал я, ползая перед ней на коленях и не сводя глаз с её перекошенного судорогой лица. — Я больше никогда, никогда тебя не обижу, клянусь всеми святыми, клянусь.

* * *

Мы ехали в машине, по тому же шоссе, но теперь уже в обратном направлении, в сторону моего госпиталя. Мы ехали в машине отца, которая была побольше и повместительней моей. Отец сидел за рулём, а я с Эми — на заднем сиденье. Она лежала на сиденье, её голова была на моих коленях, ноги, чуть согнутые в коленях, упирались в дверцу машины. Она уже немного пришла в себя: полуоткрытыми мутными глазами смотрела на меня.

— Знаешь, перед тем как я потеряла сознание, я видела что-то странное и страшное: огненную колесницу с пророками и ангелами. У меня было такое состояние, будто на меня снизошло вдохновение, но такое сильное, что я была не в силах это вынести.

Мы подъехали ко входу приёмного отделения. Отец остановил машину и, выйдя, открыл заднюю дверцу. Я помог Эми выйти и, взяв её под руку, повёл внутрь здания.

Мы медленно приближались с Эми к окошку регистрации.

Неожиданно она вызволила свою руку.

— Я туда не пойду.

— Почему? — спросил я, остановившись.

— Потому что эта запись попадёт в электронную систему, это станет известно в Комиссии штата по делам медсестёр, и тогда мне вообще никогда не восстановят право работать по специальности.

— Никто ничего не узнает, а узнают — и чёрт с ним! Извини меня, но ты не медсестра, а идиотка, если сейчас думаешь о такой ерунде. У тебя ведь в любую минуту может случиться ещё один удар, ещё худший, чем первый. Он может стать смертельным.

— Ты прав, я это знаю… Вот так. Ты уже видел, в какой крысиной норе я живу. Сейчас ты меня увидишь в «зоне для дебилов» в жёлтом халате. Боже, я, наверное, умру от стыда.

Я будто бы онемел и от этого её признания, от тона, каким она его произнесла, и от её беззащитно-трогательного вида. Не говоря ни слова, я подхватил Эми на руки.

За высокой стеклянной перегородкой регистратуры сидела молодая секретарша по имени Джессика. С раскрытым от удивления ртом Джессика наблюдала всю эту «романтическую сцену». Я кивнул Джессике, и она, понимающе кивнув в ответ, нажала специальную кнопку. Передо мной тут же открылись широкие автоматические двери в отделение, и я бережно, как драгоценный сосуд, понёс Эми туда.

* * *

— Я стал совершенно слепым, не вижу очевидного. Я почему-то подумал, что у неё ковид, будь он проклят. Потом мне пришло в голову, что, может, она беременна, чем чёрт не шутит, — сокрушался отец, когда уже поздно вечером мы возвращались в его машине домой. — Оказывается, она просто набухалась. А-ах!

69

— Не переживай, дэд. Ты всё сделал правильно, — утешил я его. — Главное, что всё благополучно обошлось. Она полежит в отделении день или два, чтобы мы были уверены, что с ней всё в порядке.

Перед моим мысленным взором возникла Эми — на кровати в отделении, на высокой мягкой подушке. С большим трудом мне удалось договориться, чтобы ей дали палату только для двух пациентов, как для «очень важных персон». Ведь все палаты сейчас переполнены. Перед тем как выйти из палаты, я снял маску и поцеловал её в губы. Кто знает, может, этим поцелуем я передал ей вирус. А может, сейчас получил вирус от неё? Никто не знает, кто уже заражён, а кто ещё нет.

— А ты молодец, сынок, стал настоящим профессионалом, — похвалил отец. — Я видел, как ты с ней сегодня обращался дома: раз-два-три, всё чётко, без паники. Отличная работа.

— Конечно, папа, я же имею неплохой личный опыт отношений с алкоголиками благодаря тебе. Ты, наверное, забыл, что когда-то пил как лошадь? Не знаю, как удалось твоей бывшей второй жене добиться, чтобы ты перестал пить.

— Да, это правда, я любил выпить. Но я никогда не допивался до такого состояния, как твоя Эми.

— О, да, конечно, боже упаси, — съязвил я.

Отец посмотрел на меня искоса, хмыкнул, но промолчал.

Часть четвёртая

Армагеддон приближается

Небо над городом затянулось тучами, мрак надвигался отовсюду и, казалось, вот-вот поглотит чудесный Нью-Йорк.

Лично для меня одним из очевидных признаков, что затронуты какие-то глубинные основы нашей жизни, что сдвинулись тектонические пласты нашего бытия, стало появление в «скорой»… избитых бомжей. Да, именно так. В нашем отделении «скорой», разумеется, и до пандемии появлялись бомжи. Чаще всего они приходили сами, чтобы «отдохнуть» от тягот своего существования, поесть, поспать, немного протрезветь, а потом их выпроваживали, но чаще — они уходили сами. До следующего визита. Порой кто-то из них появлялся с синяками или окровавленным лицом, — обычно после падений, когда от выпитого алкоголя не держали ноги, или в результате глупых пьяных драк. Но по мере усиления эпидемии в наш госпиталь стали ежедневно привозить израненных, искалеченных бездомных. Их привозили машины «скорой», подобрав на улице по звонкам прохожих. У этих несчастных были зверски изуродованы лица, поломаны рёбра так, что им было трудно двигаться, даже говорить и дышать. Было очевидно, что их избивали не ради какой-то выгоды или пользы — что можно взять с бездомного? — а просто так. То есть новая фаза «Армагеддона» началась с вакханалии насилия.

Класть их в отделении теперь было некуда. У нас уже не было никакого разделения на «зоны» — поступавших пациентов укладывали куда придётся, где было свободное место: заразившиеся ковидом, старики с деменцией, люди в прединсультном состоянии, алкоголики в ломках, суицидные — все лежали рядом, один возле другого. Если не хватало мест в палатах, кровати оставляли просто в проходах.

Масок, спецодежды, защитных очков для персонала по-прежнему катастрофически не хватало. Полицейские из госпитальной охраны просили для себя маски, в хаосе полицейских не внесли в реестр сотрудников, кому полагались специальные защитные средства. Многие полицейские как-то быстро утратили свою выправку, выглядели уставшими, безразличными, точно так же, как и мы все. Некоторым из полицейских, заразившихся ковидом, становилось плохо прямо во время смены, и их принимали в отделение как пациентов. Было что-то странное в этой картине: полицейский в униформе ложится на кровать, и медсестра везёт его в отделение по коридору.

Внутри, в холле теперь всегда было тесно, там постоянно толпились парамедики, доставлявшие новых пациентов в машинах. Было видно и невооружённым глазом, что медсестёр, врачей и администраторов на смене с каждым днём всё меньше. Одни и те же сотрудники работали по две смены. На полу в отделении повсюду валялись трубки от капельниц, грязные халаты и простыни с пятнами крови или мочи, оброненная еда — не хватало уборщиков.

Директор доктор Харрис и доктор Мерси — оба — теперь работали не только как администраторы, но и на дежурствах, как обычные врачи, заменяя больных коллег.

А ER на глазах превращалось в дом престарелых. Старики и старушки — многие в деменции, в кислородных масках, под капельницами, подключённые к приборам, лежали на кроватях и смотрели перед собой ничего не понимающими глазами. Они срывали с себя кислородные маски, отсоединяли капельницы. Родственников и сиделок к ним не пускали. Некоторых из них привозили в госпиталь в таком состоянии, что им жить оставалось считанные часы. Они были серого цвета и практически без сознания. Глядя на очередного такого привезённого старика или старушку, я в гневе думал: «Неужели они там, в доме престарелых, не видели, в каком состоянии человек?! Как можно было дождаться, пока человек дойдёт до такого состояния, и за пару часов до смерти выбросить его из дома престарелых в госпиталь?» Я тогда пришёл к выводу, что немало из этих стариков умирают не от болезни как таковой, а от отсутствия должного ухода за ними во время болезни.

А возле «скорой», на улице, неподалёку от окон моего офиса, стояли три недавно привезённых передвижных морга: три блестящих, отливающих на солнце, металлических длинных фургона на колёсах. Там, внутри, работали холодильники, все три фургона дружно в унисон рычали моторами: «Р-р-р».

* * *

Что я теперь делал в отделении? Ничего особенного. Помогал врачам спасать наркоманов от передоз. Так как катастрофически не хватало сотрудников, помогал полицейским успокаивать и утихомиривать пьяных и буйных; помогал медсёстрам и санитарам кормить пожилых в деменции. Несколько раз помог работникам из мортального отделения перекладывать умерших на специальную «красную кровать», на которой трупы отвозят в морг. Одним словом, делал что мог там, где был нужен. Однажды нервы сдали, и посреди смены я всё бросил, сел в машину и поехал домой. Но на полдороге развернулся и поехал обратно.

«Люблю ли я его?»

После работы я привозил Эми к себе, и мы с ней часто гуляли по солт-маршу. Впрочем, из-за карантина других мест для прогулок в городе всё равно не было. Мы не хотели с ней вспоминать нашу недавнюю размолвку и её эпилептический удар.

Мы гуляли по тропинкам солт-марша, открывая его потаённые уголки, наблюдали приливы и отливы. Мы спорили и рассуждали о разном: об искусстве и политике, обо всём на свете. Мы говорили о том, что эта пандемия когда-нибудь закончится, но она не пройдёт бесследно, многое изменится к лучшему: изменится не только неэффективная система здравоохранения в стране. Изменится и сам человек, его сознание и образ жизни: человечество сделает правильные выводы, после этой пандемии люди больше не будут создавать никакое новое оружие — будь то конвенционное или массового поражения, включая атомное и биологическое. Больше не будет войн и терактов, человечество перестанет истощать природные ресурсы, прекратится ненасытная погоня за успехом, богатством, властью. На земле наступит совершенно другая жизнь…

* * *

Однажды по дороге к её дому Эми предложила мне «заглянуть к рыбакам». Её дом находился минутах в пятисеми езды на машине от залива. Один из её соседей по дому — заядлый рыбак — давно приглашал Эми побывать там и обещал ей отличный улов.

— Почему бы нам не заехать туда сейчас? — предложила она.

Мы подъехали к небольшому пустырю на берегу, где увидели около дюжины рыбаков. Они превратили это место в своего рода «зону отдыха». Здесь они не только ловили рыбу, но и жарили на закопчённом гриле хот-доги, курили траву, пили пиво и обсуждали последние события в своём гетто.

Наше появление поначалу сопровождалось их насторожёнными взглядами. Но когда Эми увидела в этой компании своего соседа и, поздоровавшись, обнялась с ним, а тот объяснил своим приятелям, что это — его «очаровательная соседка» со своим бойфрендом, то нас приняли «за своих».

Эми завела разговор с соседом, а я подошёл к рыбакам. Мне бросилось в глаза, что у некоторых из них были искалечены руки — исполосаны шрамами, на пальцах не хватало фаланг. Я спросил одного из них, что случилось с его двумя пальцами, и рыбак, взглянув на два обрубка вместо пальцев на своей левой руке, ответил: «Fucking луфари покалечили мне руки, пока я не научился снимать этих рыб с крючка».

Нас угостили хот-догами и даже предложили покурить травку. Эми сразу же очутилась в центре внимания, слушала их анекдоты и весёлые истории, взрывалась хохотом. Сейчас среди этих грубых рыбаков с покалеченными руками из бедного гетто она чувствовала себя естественно и комфортно, точно так же, как и когда-то в кругу богемы в знаменитом джаз-клубе «Коттон». Во всяком случае, такое впечатление складывалось со стороны, не знаю, насколько комфортно ей было здесь на самом деле.

Мы уже собрались уходить, когда один из рыбаков зацепил крупную рыбу и то ли в шутку, то ли всерьёз спросил Эми, не хочет ли она вытащить рыбу на берег. Не раздумывая, она согласилась, и он передал ей спиннинг.

Рыба сильно упиралась, и Эми вскоре устала крутить катушку. Она попросила меня ей помочь. Мы сменяли друг друга, наши силы постепенно иссякали, но рыба упиралась и не хотела сдаваться. А рыбаки, собравшись возле нас полукругом, задорно кричали и подбадривали нас, и пили пиво, держа наготове подсаки.

Наконец общими усилиями мы вытащили из воды большую песчаную акулу. Рыба прыгала в траве, где валялись бутылочные металлические пробки и сигаретные окурки.

От всего этого Эми пришла в неописуемый восторг. Она захотела сама снять акулу с крючка и попросила ей не мешать. Но сделать это было непросто — акула сильно извивалась и дёргалась, угрожая укусить.

— Ах! — вскрикнула Эми, отдёрнув руку. Она поднесла кисть к своему лицу.

Я стоял неподалёку и мог увидеть, как по её ладони потёк тоненький ручеёк крови: не имея достаточного опыта, Эми сделала неверное движение, и акула царапнула её палец острыми зубами. Похоже, порез был неглубоким. Я сделал шаг к ней, как вдруг…

«Кии-иии-арр!» Раздался странный крик, и откуда-то сверху спустился сокол, так молниеносно, будто упал камнем с неба. Он вонзил в акулу свои когти и тут же стал клевать её. Акула старалась увернуться от его ударов, извивалась, пытаясь смахнуть птицу с себя своим хвостом. Но в данном случае очевидное преимущество было на стороне птицы. Несколько раз, едва не задетый акульим хвостом, сокол отлетал недалеко, на несколько футов, но тут же снова устремлялся в атаку, сопровождая свои удары возмущёнными грозными криками. Его клюв вонзался в тело акулы, оставляя рваные кровавые раны на её спине и брюхе. Он выклёвывал ей глаза, вырывал из её разорванного брюха кишки. В воздухе разлетались его пёрышки.

Это была какая-то жуткая, захватывающая сцена. Мы все стояли поражённые. Некоторые рыбаки направили объективы своих мобильников на этих двух таинственных красивых хищников, снимали на камеры своих мобильников, не произнося ни слова. Даже для видавших виды рыбаков эта сцена была сверхординарной.

Через некоторое время акула, истекая кровью, с многочисленными рваными ранами, безжизненно лежала на земле. А сокол, издав напоследок гневный крик, сорвался с места и улетел. Но и ему эта схватка далась дорогой ценой: он летел так низко и медленно, что, казалось, вот-вот рухнет на землю.

Мы всё ещё находились под сильным впечатлением от увиденного.

— Это был сигнал от Бога, Бен! Это нас ждёт теперь! — неожиданно воскликнула Эми, перекрестившись. — Я не хочу больше здесь оставаться. Уйдём отсюда.

* * *

Длинные ветки платана едва ли не достигали окон квартиры. Сейчас, ночью, отбрасываемые этими ветками тени перемещались по потолку и по стенам комнаты.

Закинув руки за голову на мягкой подушке, Эми наблюдала за этими причудливыми перемещениями теней на потолке, и у неё постепенно возникло ощущение, что она находится в каком-то волшебном лесу.

«Скоро из тюрьмы выйдет Джейсон, — думала она. — Он мне написал, что из-за ковида собираются досрочно освободить тех заключённых, чей срок уже близится к концу и кто „хорошо себя вёл в тюрьме“. У них там тоже стали болеть ковидом. И умирать. Особенно чёрные, которых, по его словам, в их тюрьме подавляющее большинство. Джейсон пишет, что смертельно по мне соскучился. Он теперь собирается жить „правильно“, зарабатывать только чистые деньги. Он вернётся в фитнесс-клуб и будет заниматься тем, чем занимался раньше, — будет инструктором в спортзале. Ведь он человек слова.

И, если говорить начистоту, это я когда-то втянула его в авантюру с таблетками. Тогда я как раз устроилась медсестрой в медицинский центр, наша с Джейсоном романтическая любовь была в самом разгаре. А меня обуяла жажда удовольствий. Мы переехали в хорошую квартиру, купили новую машину. Денег не хватало, потому что я ещё и должна была выплачивать долг за учёбу. Несмотря на это, мне захотелось поехать в кругосветный круиз на корабле. Тогда-то мне в голову и пришла рискованная идея с таблетками. В результате наше кругосветное путешествие закончилось на скамье подсудимых. Но теперь Джейсон намерен сделать поворот на сто восемьдесят, и он это сделает. Боже, как я хочу, чтобы он вернулся уже сейчас, сегодня, и увёл меня немедленно с собой! Потому что может случиться так, что будет поздно, и я не захочу возвращаться к нему».

В тишине тикали настенные часы.

Повернувшись на правый бок, Эми посмотрела на профиль Бена, спавшего рядом. Осторожно, чтобы его не разбудить, прикоснулась указательным пальцем к его переносице и провела, едва касаясь, по его носу с горбинкой. Её глаза привыкли к темноте, ей было хорошо видно, как

Бен слегка дёрнул ноздрями, затем засопел так, будто бы собирается чихнуть, и повернулся на бок, к ней спиной.

«Бен классный, умный парень. С ним интересно. Безумно меня любит. Он хочет, чтобы я переехала к нему. Может, и вправду мне нужно перебраться к нему и оставаться с ним? Но люблю ли я его?»

Она надеялась сейчас получить ответ на вопрос, который всё чаще задавала себе в последнее время. «Почему теперь я постоянно спрашиваю себя об этом? Почему это меня так мучает? Люблю ли я его? Или только играю с ним в любовь?»

Почему-то она вспомнила смертельную схватку между акулой и соколом на берегу. И от этого воспоминания по её телу пробежал холод.

Пару слов о героях

Под неумолкаемый вой сирен машин «скорой» шумный, беспокойный, никогда не спящий город погрузился в какое-то сумеречное летаргическое состояние. Мы выходили на так называемое «плато».

Каждый день, появляясь в отделении «скорой» и переодеваясь в чистую одежду, я чуял нутром, что ситуация продолжает ухудшаться, хотя, казалось, что хуже быть не может и что мы погружаемся в самое адище адовое.

Две из трёх секретарш в офисе администрации были больны. В соседнем кабинете начальник отдела медсестёр тоже болел. Доктор Мерси лежал в отделении для критических, в специальном госпитале для ветеранов. Он был на вентиляторе — у него началось двустороннее воспаление лёгких. Доктор Харрис говорил, что «Адам — настоящий вояка, пройдёт через любой ад, но выживет». Ещё совсем недавно я делил этот маленький кабинет с доктором Мерси, мы сидели друг возле друга, без масок, мы кашляли и чихали, и теперь он тяжело болен ковидом. Теперь я сидел в офисе один. Я не понимал, почему я ещё не заразился.

* * *

Чернокожий гигант Стивен теперь переодевался в униформу по утрам в нашем офисе администрации, где я теперь сидел один.

Перед тем как снять свою одежду, Стивен раскрывал новый сложенный вчетверо комплект, чтобы убедиться, что ему дали правильный размер. Он поднимал перед собой развёрнутую гигантскую синюю куртку и штаны и, одобрительно кивнув, мол, размер правильный, снимал свитер, обнажая могучее, в татуировках, тело.

— Бен, я когда-то работал охранником в тюрьмах, видел там бунты и беспорядки. Я работал спасателем во время урагана Сэнди. Но всё это и близко не сравнится с тем, что происходит сейчас. В ER меня теперь часто просят помочь им переложить покойников на «красную кровать», чтобы отвезти их в морг. Некоторые из покойников очень тяжёлые, ты же знаешь, мёртвый человек становится холодным и тяжёлым. К тому же они все были больны ковидом. Это не моя работа, но меня просят, и я им помогаю. Потому что у них не хватает персонала. У нас здесь тоже не хватает персонала, не хватает лекарств, не хватает даже качественных мешков для покойников. Н-да… — он смотрел в крохотное окошко под потолком, в котором был виден кусочек неба. — Знаешь, у меня большая семья: пятеро детей и пожилые родители. Я не имею права сломаться. Я должен держаться.

— Понимаю.

— Ладно, пора идти. Ты классный парень, Бен, и классно работаешь. Дай мне пять.

* * *

— Бен! Бен! Ты у себя? — окликнул меня из своего кабинета доктор Харрис.

— Да, док.

— Как дела?

Но я не ответил.

— Бен, ты что, оглох? Зайди ко мне.

— Что случилось? — я вошёл в кабинет босса.

Он сидел за своим столом, подперев рукой мясистую щёку. Его лицо было каким-то странным, таким я не видел его до сих пор — глаза бешено бегали по сторонам, губы кривились, ноздри маленького ровного носа дёргались. Засопев, он впился в меня взглядом своих гневных и в то же время каких-то несчастных глаз.

— Бен, ты же хорошо разбираешься в алкоголиках, да?

— Кое-что понимаю в их ментальности.

— Значит, ты можешь определить, есть ли у кого-то ментальность алкоголика?

— М-м, — промычал я неопределённо, не понимая, к чему он клонит.

— Если, например, я сейчас хочу выпить литр водки, значит, по-твоему, я алкоголик?

— В случае, если безо всякого повода вы хотите выпить литр водки, то вы безнадёжный алкоголик, — подтвердил я, заметив наконец, что в его глазах бегают шутливые искорки. Я понял, что доктор Харрис сейчас меня попросту разыгрывает.

— Вы действительно хотите напиться? — спросил я напрямую.

— Да.

— Все рестораны и бары закрыты. Но можно напиться у меня дома. Тем более, что мы живём по соседству.

* * *

Мы сидели у меня в гостиной: я, доктор Харрис и Эми. Я и доктор Харрис пили водку «Абсолют», а Эми — апельсиновый сок, объяснив, что, дескать, «водка — не её напиток», а вина в квартире нет.

Мы купили литр, на всякий случай. Я был уверен, что мы вдвоём сможем осилить максимум полбутылки. К моему удивлению и вопреки моим ожиданиям, на пару с ним мы выпили уже три четверти и почти не были пьяны.

Доктор Харрис не был пьян, скорее, расслабился. Он то вспоминал свои студенческие годы, то рассказывал курьёзные, немного похабные истории из своей практики хирурга. Поначалу он не был уверен, что Эми такие истории придутся по нутру, но видя, что ей очень даже нравится, отвязался, что называется, по полной, и уже рассказывал эти врачебные анекдоты, не стесняясь, порой перемежая свою речь матом и выразительно жестикулируя. Перед тем как закончить очередную историю, он неожиданно умолкал. Смотрел внимательно на нас с Эми, сомкнув губы, и вдруг выдавал неожиданную концовку:

— А у неё во влагалище — картошка! Вот такая картошка! Оказывается, ей кто-то сказал, что таким образом — с помощью картошки — можно предотвратить выпадение матки!

И мы все взрывались хохотом.

На столе стояли блюдца с маслинами и ломтиками сыра, нарезанные куски курицы-гриль. Эми пару раз предложила гостю ветчины и открыть ещё консерву красной рыбы, но он отказывался, уверяя, что еды на столе и без того более чем достаточно.

Потом он рассказал Эми, как мы с ним познакомились — здесь, на солт-марше, когда на берегу ловили рыбу.

— Бен тогда поймал вот такую песчаную акулу, — доктор Харрис разведёнными руками показал размер акулы. — Она ему чуть не откусила палец.

Насчёт пальца он, правда, присочинил, но акулу я тогда действительно поймал огромную.

— Он тащил её с таким упорством и азартом, что я тогда решил: этот парень должен работать у меня в «скорой». Шутки в сторону.

Мы продолжали пить водку, уже без всяких тостов и красивых слов. Каждый наливал себе и пил. Водка казалась водой. Мы просто сами не знали, до чего мы устали. Это я говорю о себе. Об усталости доктора Харриса говорить не могу.

— Значит, ты и есть та самая медсестра, которую Бен хотел устроить к нам? — спросил он, поставив на стол опорожнённую рюмку и вытянув губы вперёд, выдыхая после «залпа».

— Да, — ответила Эми.

— Ну-ка, напомни, что там произошло и почему тебя к нам не взяли, — попросил он.

Эми на миг смутилась, но, быстро собравшись с духом и овладев собой, сказала:

— Я работала в медицинском центре и, как медсестра, имела доступ к лекарствам. Я тогда жила со своим бойфрендом… — она умолкла. Ей стало стыдно продолжать.

— А-а, всё ясно. Теперь припоминаю: из-за таблеток ты получила пару лет условно и твоё право работать медсестрой временно приостановлено, так?

— Да. Именно так. Я знаю, что поступила очень некрасиво.

Доктор Харрис, наморщив лоб, задумался о чём-то.

— Ты всё ещё хочешь работать в «скорой»? Даже сейчас, когда свирепствует этот fucking ковид и никто не знает, чем это всё закончится?

— Да.

— Бен, как ты считаешь, мы всё-таки должны за неё побороться и взять её к себе? Ну, оступилась девушка, с кем не бывает. Нужно дать ей шанс. Окей, я лично поговорю с отделом кадров насчёт тебя. Уверен, найдём для тебя что-нибудь подходящее.

— Доктор, вы серьёзно? Шутки в сторону? — спросила Эми, в шутливой манере повторив излюбленную фразу доктора Харриса.

— Абсолютно, — сказал он, наливая себе водку из бутылки. Он всё ещё безнадёжно старался опьянеть.

* * *

Было уже около одиннадцати часов вечера, когда мы с Эми проводили доктора Харриса до машины. Эми предложила подвезти его домой, она бы села за руль, так как среди нас она одна была трезвая, но он отказался — ему отсюда было рукой подать.

Вскоре мы с ней вернулись домой. Эми начала убирать со стола, ставила посуду в посудомоечную машину, а я сел на диван. Моя голова слегка кружилась, только сейчас я осознал, что вдребезги пьян.

— У твоего босса очень красивые мускулистые руки, я не могла от них отвести взгляд. Они мне напоминали руки античных героев мраморных скульптур.

— У него не только руки, как у героя. Он и есть самый настоящий герой. Несколько дней назад он практически один обслуживал как врач половину отделения «скорой», потому что все другие врачи, кто должен был работать на смене, не вышли из-за болезни. Ты медсестра, можешь себе представить, что это такое — один врач на пятьдесят больных, каждый третий из которых в критическом состоянии. И он не единственный в нашем отделении. Есть у нас ещё гигант Стивен, надсмотрщик-санитар. К той же категории героев относятся ещё несколько наших врачей и медсестёр. Герои, детка, совсем не такие, какими мы их себе представляем или какими их изображают в кино. В самом деле герои — они простые, обычные, они хохочут, матюгаются, рассказывают похабные истории о выпадении матки. Но они не ищут внимания и популярности. У них есть одно редкое качество: они рискуют своим здоровьем, а иногда и своей жизнью ради других, даже не подозревая о том, что они герои.

Я недолго помолчал.

— Не знаю, говорил ли тебе мой отец о том, что его отец — мой дед, когда-то, во время Второй мировой войны, попал в нацистский концлагерь, но совершил оттуда побег. Так вот, после войны он переехал в Штаты, о нём, понятно, писали в прессе, приглашали на радио и TV. Я его в живых не застал, но те родственники, кто его знал, рассказывали, что в повседневной жизни он был самым обыкновенным человеком, любил грязные шутки. Ничего героического. Кстати, меня назвали в его честь.

— Значит, ты — тоже герой, — сказала Эми, сев рядом со мной и положив мне руку на плечо. — Как ты думаешь, твой босс добьётся, чтобы я работала в госпитале?

— Конечно, считай, что ты уже там. Видишь, не получилось с первого раза, получится со второго. Скоро будем работать вместе. Ты переедешь ко мне, и наконец всё станет на свои места, — я погладил её чёрные жёсткие волосы.

— Н-да, — подтвердила она, посмотрев на меня с необъяснимой печалью.

— Эй, что опять не так? Ты как будто не рада? — я отклонился и прищурил один глаз, чтобы лучше увидеть Эми. Я чувствовал, что у меня уже сильно кружится голова и всё вокруг как-то расплывается в очертаниях.

— Рада, очень рада, — сказала она, вставая. — Давай-ка, мой алкоголик, я тебе помогу добраться до кровати. Надеюсь, завтра утром ты сможешь подняться и пойти на смену. А-а, я же совсем забыла, завтра же суббота, у тебя выходной.

— Да, завтра суббота, и у меня шабат. И как любой ортодоксальный еврей, я буду отмечать шабат. Поэтому я пойду в синагогу молиться. Я скажу Богу, что у Него нет ни капли сочувствия и сострадания к людям, потому что Он видит весь этот fucking Армагеддон, как мы здесь корчимся в муках, а Ему по фиг, по фиг! — возмущался я, когда мы с Эми шли в спальню и она поддерживала меня под руку.

— Окей. Завтра пойдёшь в синагогу и скажешь Богу всё, что о Нём думаешь. Будь осторожен, не упади.

Через пару минут я лежал на кровати, уткнувшись лицом в подушку, а Эми стягивала с меня носки и джинсы.

Похищение сабинянки

Я открыл глаза и… дёрнул себя за ухо, чтобы убедиться, что уже не сплю, что это не сон. Ко мне, словно по воздуху, плыла Эми, в светлом лёгком халатике, осторожно неся поднос с чашкой горячего кофе, над которым вился тонкий ароматный дымок. Ещё на подносе стояла стеклянная рюмочка с молоком и лежали гранёные кусочки сахара.

— Доброе утро, мой дорогой, — она поставила поднос на тумбочку возле кровати. — У тебя голова не болит после вчерашнего? Тайленол не нужен?

— Нет, не болит, — соврал я.

— Тогда пей свой любимый кофе. Молоко и сахар добавь сам.

— Я чувствую себя на седьмом небе от счастья. Кофе в постель!

— Должна же я каким-то образом воздать должное своему герою.

— Ладно тебе, нашла героя, — пробормотал я, приподнявшись. Сел так, чтобы моя спина упиралась в изголовье кровати. Налил себе в чашку молоко и бросил сахар.

Эми присела рядом на кровать.

— Бен, я хочу тебя попросить об одном одолжении, — сказала она, преодолев некоторую неловкость.

— О каком одолжении?

— Только пообещай, что не обидишься. И ты вполне можешь отказать.

— Обещаю. Говори прямо.

— Ты бы не мог… одолжить мне денег? Понимаешь, мне нужно рассчитаться со своим адвокатом. Он мне проходу не даёт, требует, чтобы я оплатила все его услуги. Мне ужасно неудобно просить у тебя деньги, мне очень стыдно, — она скривила лицо.

— Сколько тебе нужно?

— Сколько? Как минимум пять тысяч. Но десять будет гораздо лучше.

— Гм-м… Не уверен… Надо подумать.

Дело было не только в сумме денег, которую она просила в долг. Всё это выглядело как-то странно, подозрительно, что ей вдруг понадобились такие большие деньги. К тому же до сих пор она ни разу не упоминала про своего адвоката, который якобы ей не даёт проходу.

— Бенчик, дорогой мой. Мне действительно очень нужны деньги, — она начала гладить ладонью мою грудь, зная, как сильно меня волнует этот её жест. — Ты даже не представляешь, как я мучусь из-за этого долга, — слёзы заблестели в её глазах.

Мне стало её жалко. После недолгого раздумья я отставил в сторону чашку с недопитым кофе. Взял её ладонь и поцеловал кончики пальцев.

— Хорошо.

— Что? Ты готов мне одолжить десять тысяч баксов?

— Да. Когда тебе нужны эти деньги?

— Как можно скорее. Желательно сегодня.

— У тебя есть пейпал?

Она кивнула.

Больше не говоря ни слова, я взял свой телефон.

— Бен, ты представить себе не можешь, как ты меня выручишь, — повторяла она, не отрывая взгляда от телефона в моих руках.

Я начал вводить информацию, чтобы сделать денежный перевод. Эми тем временем, закрыв глаза, что-то шептала. Вероятно, молилась.

Прошло несколько минут. Наконец в тишине раздался щелчок уведомления на её мобильнике.

— О боже! Неужели это правда?! — воскликнула она, увидев на экране сообщение, что деньги переведены на её счёт. Перекрестившись, прильнула ко мне, обхватила мою голову и расцеловала меня. — Бенжи, моя любовь! Ты не только герой. Ты святой, настоящий святой! Я отдам тебе всё, вот увидишь, отдам до цента.

Я обнял её за талию, чтобы притянуть Эми к себе. Но она ловко выскользнула, поднялась и, не слова не сказав, выпорхнула из комнаты. Вскоре я услышал шум льющейся воды в душе. Ожидая её возвращения, я отодвинулся немного, освобождая ей больше свободного места на кровати.

Действительно, приняв душ, она вернулась в спальную. Но, к моему удивлению, она не была раздетой или в своём лёгком светлом халатике, как я ожидал, а уже в юбке и в лифчике, застёгивая на ходу блузку.

— Ты уходишь? — спросил я с удивлением. — Но почему? Я рассчитывал, мы проведём вместе выходной.

— Нет, сегодня не получится. К сожалению, у меня накопилась куча неотложных дел по хозяйству, я должна уйти.

— Куча срочных дел? Какие это дела? Минутку, — я поднялся. — Это странно. Ты никуда не пойдёшь.

— Почему это я никуда не пойду?

— Потому что я так сказал. Я должен знать, что случилось.

— Перестань, — она направилась из комнаты. — Мы поговорим в следующий раз. Я тебе потом всё объясню.

— Нет, я серьёзно. Ты никуда не пойдёшь, — я стал в дверях, заблокировав ей выход, прислонив раздвинутые руки к дверной раме с обоих сторон. — Я хочу знать ответ здесь и сейчас.

— Прекрати. Не веди себя как дурак. Я тебе сказала: завтра я тебе всё объясню.

— Скажи правду, куда ты сейчас идёшь? Скажи мне правду! Зачем тебе нужны были деньги?

— Не твоё дело! — она вдруг закричала так, что на её шее вздулись жилы. — Дай мне выйти!

Мой гнев был вызван не только тем, что я сейчас столь бездумно отдал ей деньги, но и тем, что я почувствовал себя обманутым. Было очевидно, что она скрывает от меня правду.

И вдруг мне стало ясно — мы сейчас расстанемся! Эта мысль, вернее, предчувствие, сверкнула словно молния в моём сознании.

Опустившись перед ней на колени, я обхватил её ноги.

— Останься со мной! Я не хочу, чтобы ты уходила!

— Прекрати этот спектакль! Дай мне выйти! Эй, эй, что ты делаешь?! А-а!..

Крепко, насколько мог, я прижал её бёдра к себе, затем поднялся с коленей, оторвав Эми от пола. Перегнувшись на моём плече, она стала колотить кулаками меня по спине.

— Гад! Гад! Животное!

Но я нёс её к кровати, ощущая себя древним римлянином с известной скульптурной группы «Похищение сабинянок».

…Через некоторое время мы лежали с ней на кровати друг возле друга. В комнате были видны следы недавней борьбы: одежда, одеяло и подушки валялись на полу, простыня на кровати была скомкана.

— Я хочу тебе сказать, Бенжи, ты не только герой и святой. Ты ещё и fucking дикарь, — недолго помолчав, она продолжила. — Ещё совсем недавно ты божился, что больше никогда меня не обидишь. И уже забыл. Ты даже не представляешь, какую боль ты мне сейчас причинил. А говорят, что только чёрные мужчины насилуют белых женщин. Что ж, теперь я могу уйти от тебя со спокойной душой.

Она поднялась, не спеша оделась, даже не глядя в мою сторону. И, не попрощавшись, ушла.

Как птица в клетке

Нa следующий день в длинном розовом трикотажном платье свободного покроя, расстёгнутой короткой джинсовой курточке поверх платья и кожаных сандалиях на босу ногу Эми ходила по платформе железнодорожной станции Грэнд-Централ. Посматривала то на свои серебряные часики, то на большое электронное табло на стене, где менялась информация о прибывающих поездах.

Появилась информация, что поезд из Апстейта, которого она ждала, прибывает по расписанию, через десять минут.

Эми вдохнула полной грудью и, сама не зная зачем, закатила глаза к высокому потолку здания станции и осенила себя крестным знамением. На её глаза выступили слёзы, ей стало себя жалко.

— Мой мэн! Джейсон! Не могу поверить своим глазам! Наконец-то!

— Е-е! — её сжимал в объятиях вышедший из вагона поезда худощавый чернокожий молодой мужчина лет тридцати восьми, в футболке и джинсах.

— Я не верю, что это правда, что это не сон, — шептала Эми, закрыв глаза и подставив своё лицо и шею его поцелуям.

— Моя любовь, моя жизнь, моя королева. Я не знаю, как я смог жить без тебя эти два года… — Джейсон осыпал её поцелуями, крепко прижимая её к себе. Держа её за плечи, он отдалял её от себя, будто бы желая лишний раз убедиться, что это не сон, и что это Эми действительно сейчас в его объятьях.

Немногие пассажиры, вышедшие из прибывшего поезда, быстро разошлись, и на опустевшей длинной платформе оставались только эти двое.

Эми погладила его по щекам и, привстав на цыпочки, поцеловала в губы:

— Я без тебя тоже целых два года томилась, как птица в клетке. Боже, как я счастлива!

Она снова поцеловала его, и они направились к выходу. Мужчина нёс перекинутый через плечо рюкзак, а другой рукой обнимал Эми. Её рука тоже обвила его талию. Он ей рассказывал смешную историю, случившуюся с ним на вокзале сегодня утром, когда он взял билет на Нью-Йорк, но перепутал поезд и едва не уехал в Пенсильванию. Эми смеялась.

Со стороны казалось, что во всём многомиллионном городе сейчас нет пары счастливее, чем эти двое.

Святая Мария Магдалина

Ещё через несколько дней Эми и отец Бена возвращались к нему домой после сделанных покупок. Марк сидел за рулём своей Grand Cherokee, Эми — на пассажирском сиденье.

— Марк, остановите здесь, — попросила она.

— Здесь?

— Да, возле церкви, пожалуйста. Я хочу туда зайти.

Он остановил машину возле католического собора Святой Марии, с куполом, увенчанным крестом.

— Спасибо, я недолго.

Эми вышла из машины и, поднявшись по ступенькам, скрылась за высокими дверьми собора.

Сейчас там внутри не было ни души; перед скульптурами святых горело несколько свечей, по обе стороны от престола стояли две большие корзины с белыми цветами. Через разноцветные оконные витражи, преломляясь, лился солнечный свет, отчего казалось, что и крылатые небесные существа, и колесницы, и евангелисты с пророками пребывают в каком-то непрестанном движении.

В разных местах стояли столики с бутылками санитайзера и табличками с надписью, напоминая прихожанам носить в храме маски.

Вдыхая ароматы цветов и воска, Эми неспешно подошла к престолу. Она зашептала молитву и, устремив взгляд на распятие, перекрестилась и опустилась на колени на мраморные ступени перед престолом…

Через некоторое время, поднявшись, она подошла к столику неподалёку от входа, где лежали различные брошюрки религиозного содержания и призывами к прихожанам жертвовать на храм. Она взяла чистый листок бумаги и карандаш, ненадолго вперила свой взгляд куда-то в купол, затем начала что-то писать. Закончив, взяла конвертик и вложила туда исписанный листок. И направилась к выходу, где в машине её дожидался Марк.

— Извините, что заставила вас так долго ждать. Для меня это было очень важно, — сказала она, сев на пассажирское сиденье рядом с водителем.

— Всё нормально.

— Марк, вы бы не могли передать это Бену? — она протянула ему запечатанный конверт.

Он повертел конверт в руках.

— Какой романтический жест, однако. Как в старомодных романах. Хорошо, передам ему. Готова? Поехали?

— Да. Я помогу вам занести домой пакеты с покупками и потом уйду.

Он ничего не сказал. Они проехали несколько кварталов, оставив позади шумную улицу, и свернули на зелёную тенистую дорогу, где было мало машин.

— Теперь, после молитвы в церкви, ты, вероятно, ощущаешь себя святой Марией Магдалиной, да? — спросил он не без иронии.

В последнее время в их отношениях явно что-то изменилось: когда Марк обращался к Эми, в его голосе постоянно слышалась неприкрытая ирония и сарказм.

— Да, почти что, — Эми холодно отреагировала на его шутку. — Не знаю, должна ли я вам об этом говорить или нет, но давно хочу вам признаться вот в чём: вы мне чем-то напоминаете моего отчима. Мой отчим ко мне неровно дышал, попросту говоря, хотел меня трахнуть с тех пор, когда я была ещё подростком. Но пойти на такой шаг он всё-таки не решился, поэтому в качестве компенсации постоянно мне мстил, по любому случаю выказывал ко мне своё презрение и относился ко мне крайне оскорбительно. Так вот, у меня такое впечатление, что с вами у меня похожая история, как и с моим отчимом.

— Ты ошибаешься, дорогая, это всё твои домыслы.

— Марк, почему вы так презираете меня? Потому что я чёрная, да? — спросила она напрямую.

Он хмыкнул:

— Нет, моя лапушка. Потому что ты такая, кто ты есть. Я успел тебя хорошо изучить за время нашего знакомства. В одном ты всё-таки права: я действительно страшно зол на тебя за то, что ты охмурила моего сына, Бен потерял из-за тебя голову. Если ты будешь оставаться с ним и дальше, он станет нищим! Я знаю, о чём говорю. Поверь мне, я уже долго пожил на свете, многое повидал на своём веку и немного разбираюсь в людях. Ты из тех женщин, которые деньги не зарабатывают, а только тратят их, причём тратят на всякую ерунду. К сожалению, Бен круглый дурак, ничего не соображает. А я никак не могу на эту ситуацию повлиять, — он похлопал себя свободной рукой по бёдрам, где ещё не так давно в карманах джинсов всегда лежала пачка сигарет. — Fuck, каждый раз забываю, что я бросил курить.

— Мне вас противно слушать. Знаете почему? Потому что вы совершенно не понимаете, кто я. В отличие от вас, я не измеряю свою любовь деньгами. Для меня любовь — это не деньги, но вопрос жизни и смерти. Я считала вас умнее, чем вы есть на самом деле. Что ж, вам повезло, ваша мечта сбылась. Я ушла от Бена. А сегодня мой последний день с вами. Остановите машину, я выйду.

Взвизгнув тормозами, машина прошла юзом, оставляя на асфальте чёрные широкие полосы от шин, и остановилась. Не будь Эми пристёгнута ремнём, наверняка ударилась бы головой в лобовое стекло.

— А теперь слушай меня внимательно, святая Магдалина. Уходя — уходи. Пожалуйста, сделай так, чтобы я тебя больше никогда не видел. Оставайся в своём вонючем гетто, там твоё место, и забудь про Бена. Поняла? — перегнувшись через её сиденье, он дотянулся рукой до металлической ручки и открыл дверцу. — Вон отсюда, черномазая сука.

— Не забудь передать Бену конверт, старый пердун, — прошипела она, выходя из машины.

«Мой милый Бен»

«Мой милый Бен. Я хочу тебе сообщить, что вернулся Джейсон. Из-за пандемии его освободили раньше. Уже несколько дней он живёт у меня. Я должна была тебе сказать об этом раньше, до его возвращения. Но если бы я тебе сказала об этом раньше, ты бы не одолжил мне денег. Sorry.

Но я не уверена в том, что останусь с Джейсоном.

Я уезжаю из Нью-Йорка, уезжаю писать роман. Я больше не имею права откладывать и искать оправданий. Я долго и трудно решалась на этот шаг. Возможно, это выглядит глупо и странно — заниматься написанием романа в такое время, когда мы все на краешке, да? С другой стороны, именно в такое время нужно делать то, что ты обязан делать, несмотря ни на что.

Как надолго я исчезаю? Быть может, на несколько месяцев. Может, на полгода или даже дольше. Не могу сказать точно. Вернусь ли я к тебе? Или к Джейсону? Я пока не знаю и этого.

Долгое время я была уверена, что Джейсон — мужчина моей судьбы, с которым я буду оставаться до конца своих дней. Но с тех пор, как я встретила тебя, всё изменилось.

Сейчас я приняла единственно верное решение — покинуть Нью-Йорк. Я должна уехать, начать работать над своим романом и разобраться в себе. В противном случае я начну пить, совершать разные глупости и делать чёрт знает что.

Спасибо за деньги, которые ты мне одолжил. Я наврала тебе насчёт адвоката. Деньги мне были нужны, чтобы уехать. Я верну их тебе при первой возможности.

В любом случае, это будет честно по отношению к тебе сказать, чтобы ты меня не ждал и не искал. Не связывай себя никакими клятвами. Чувствуй себя свободным, как птица в небе, лети куда тебе заблагорассудится.

Прощай, Бен. Прощай и прости меня».

Дочитав письмо до конца, я аккуратно сложил его и положил обратно в конверт. Повернулся лицом к окну. Неужели это правда? Я думал, она ушла от меня в то утро из-за моего дикарского поступка. Но, как теперь оказалось, всё дело не во мне, вернее, не только во мне. Моё предчувствие, что мы с ней скоро расстанемся и что она собирается уйти от меня, меня не обмануло.

— Она ушла к своему зэку? — спросил отец.

Всё это время он сидел в кресле, смотрел бейсбол. Сейчас он встал и подошёл ко мне, остановившись за моей спиной.

— Да или нет? — повторил он свой вопрос.

Я повернулся к нему лицом.

— Она не вернулась к нему, но она оставила меня и уехала из Нью-Йорка.

— Вот и хорошо. И слава богу.

* * *

Вскоре я ехал по улицам знакомого гетто. Вечерело, уже не работали дорожные строительные машины, смена строителей закончилась. Гигантские краны и экскаваторы стояли на разрытых дорогах, где повсюду лежали трубы и бетонные блоки. Моя машина подпрыгивала на ухабах, въезжала в неглубокие ямы, петляла и пускалась в объезд, чтобы попасть на нужную улицу. Наконец я остановился перед четырёхэтажным домом, где жила Эми.

Выйдя из машины, я тоскливо посмотрел в её окно на втором этаже. Оно было закрыто, свет в комнате не горел, впрочем, ещё было светло, чтобы зажигать свет.

Наморщив лоб, я смотрел в то окно в надежде, что сейчас интуиция ей шепнёт, что я внизу, и она выглянет из окна. Но этого не произошло. Несколько раз я звонил ей по телефону, но электронный голос монотонно отвечал: «Автоответчик абонента не установлен».

Потом я поехал в «Макдональдс», купил там кофе и френч-фрай, снова вернулся. Свет в её квартире по-прежнему не горел. Допив кофе и выбросив стаканчик и коробку от френч-фрая на тротуар, где валялся мусор, я отряхнул ладони и поднялся на второй этаж. Прислонившись ухом к двери, я напрягал слух, стараясь уловить хоть какой-то звук за дверью. Но не услышал там ни шороха. Потом я снова сидел в машине, вглядываясь в каждого, кто входил и выходил из этого дома. Наконец я обратил внимание на высокого спортивного вида мужчину лет тридцати пяти — тридцати восьми, в белой бейсболке, широких джинсах и чёрной свободной футболке навыпуск. «Он! Джейсон!» Я сразу вспомнил того мужчину на фотографии в рамочке, стоявшую на её полке.

Мужчина вошёл в дверь подъезда, и через несколько минут в окнах её квартиры вспыхнул свет. Я оставался в машине ещё около часа, пока окончательно не стемнело.

И вот я снова у её двери. Нажал кнопку звонка, перед этим подтянув повыше, к самым глазам, маску на лицо. Дверь открылась.

— Хэлло, — я поздоровался.

— Привет, — ответил мужчина, смерив меня подозрительным взглядом.

— Эми здесь живёт, не правда ли?

— Да, здесь.

— Можно с ней поговорить?

— Её сейчас дома нет, — ответил он, сохраняя всё такую же насторожённость. — Бро, ты кто такой?

— Я офицер прокуратуры, который осуществляет над ней надзор, — я вынул из кармана джинсов своё пластиковое удостоверение из госпиталя и так же быстро засунул его обратно. — Она пропустила назначенную мной встречу, её телефон не отвечает. Вы не знаете, когда она будет дома?

— Не знаю, — ответил он. Моё представление — как офицера прокуратуры — вероятно, было не совсем убедительным для него; но как человек, неделю назад вышедший из тюрьмы, он не хотел делать никаких «резких движений».

— В таком случае передайте ей, что я заходил и попросил её мне перезвонить.

— Окей. Как тебя зовут?

— Бен. Мистер Бен. Она знает мой номер телефона.

Часть пятая

«Купи себе пистолет»

Мы медленно спускались с «плато». В «скорую» постепенно возвращались врачи, переболевшие ковидом. В отделении снова замелькали знакомые лица медсестёр, отсутствовавших некоторое время, тоже из-за ковида. Возвращались секретарши, администраторы, полицейские и уборщики. Прибыли наконец долгожданные автобусы с медперсоналом из других штатов, присланные нам в помощь.

Теперь я каждый день переоблачался в новую специальную униформу. Носил на лице специальный пластиковый щиток и специальную респираторную маску. Пластиковый щиток быстро мутнел от пота из-за дыхания, тонкие тугие резинки маски въедались в кожу лица после долгого ношения, из-за новой формы, надеваемой на голое тело, всё тело чесалось. Тем не менее это была защита.

А в кабинете напротив меня за своим столом, как и прежде, сидел доктор Мерси. На его лице ещё были видны следы недавно перенесённого двухстороннего воспаления лёгких с осложнением. Его лицо ещё было бледным, с нездоровыми розоватыми пятнами. Он весь осунулся, похудел, выглядел уставшим, лет на десять старше своих лет.

Ещё не так давно, до болезни, замдиректора «скорой» доктор Мерси шагал по коридорам отделения и раздавал направо и налево команды и указания. Помнится, я тогда сравнил его с самим Господом Богом, который отправляет новоприбывшие души в разных направлениях в зависимости от того, кто что заслужил. Теперь же доктор Мерси производил впечатление человека, недавно вернувшегося с «того света», где его хорошенько поколотили черти, а потом отправили назад на нашу грешную землю.

Однажды мы сидели с ним в офисе, и доктор Мерси рассказывал мне о том, как боролся с болезнью целый месяц в госпитале для ветеранов, как несколько раз думал, что уже не выживет. Но откуда-то брались силы.

— Я не мог себе позволить расстаться с дочерью. Я не имею права уйти, не поставив её на ноги, — он улыбнулся, но так, что, казалось, вот-вот заплачет.

Доктор Мерси улыбался по-разному. Порой резко, жёстко, механически раздвигая мясистые щёки и полноватые губы. Это — в тех случаях, когда он собирался отчитать кого-то из персонала, и в этой механической улыбке сказывалась его жёсткая натура бывшего военного. Но у него была и другая улыбка — обаятельная, лёгкая, с оттенком некоторой печали, приоткрывая и другую сторону его тонкой, может быть, даже очень ранимой души.

— Док, зато у вас теперь столько антител, что вы можете их продавать. Вам теперь нечего бояться, никакой вирус вам не страшен, — пошутил я.

— Вирус, может, уже не такой смертоносный теперь для некоторых из нас. Но расслабляться ещё очень рано, Бен. Теперь не обязательно носить маску. Теперь нужно носить пистолет. Да, пи-сто-лет! Когда я демобилизовался из армии, я оставил себе пистолет. И рад, что так поступил. Советую тебе тоже приобрести пистолет. Ты же видишь, что сейчас творится с правопорядком, а будет ещё хуже, поверь мне. Настало такое время, когда ты сам должен побеспокоиться о собственной безопасности. Кроме тебя, твоя жизнь сегодня никому не нужна. Мой тебе совет: купи себе беретту или глок.

— Доктор, но вы же знаете лучше меня, как сложно и рискованно в Нью-Йорке приобрести пистолет. Если незаконно, то рискуешь загреметь в тюрьму. А законного разрешения придётся ждать сто лет.

— Да, знаю, — доктор Мерси поправил очки и внимательно посмотрел на меня. — Я могу тебе помочь в этом. У меня есть хороший знакомый в офисе шерифа, когда-то оказал ему большую услугу и теперь, если мне надо, всегда могу к нему обратиться. Так что всё будет сделано кошерно и без лишней волокиты.

— Ок, доктор. Я подумаю.

* * *

Тем временем в далёком Миннеаполисе произошло убийство Джорджа Флойда, и по стране покатилась новая волна — в этот раз расовых протестов. Протесты быстро докатились и до Нью-Йорка. Они ещё больше повысили градус социального напряжения и вышли за пределы сугубо расовых проблем. Ещё сильнее зашатались основы общественного строя. Во всём ещё больше ощущалась непредсказуемость и неопределённость, в воздухе повсюду была разлита тревога и озлобленность, возникло ощущение, что опасность поджидает за каждым углом.

В Нью-Йорке это было очевидно и ощущалось во всём: в грубых и наглых манерах разговора и повышенных тонах стоявших в очередях людей, в агрессивном вождении автомобилей на дорогах — в манере водителей подрезать и умышленно создавать аварийные ситуации. Все вокруг ругались между собой: из-за политики, из-за Трампа, из-за отвратительного обслуживания в магазинах, высоких цен, из-за чего попало. Ругались с близкими и далёкими родственниками, с сотрудниками на работе, со знакомыми и незнакомыми. Все будто бы искали повод с кем-то поругаться, нахамить, излить на кого попало накипевшую злость и разочарование.

Это насилие и упадок нравов проникли и в наш тихий благодатный Марин-Парк. Возле моего дома, где ещё не так давно всегда было тихо и чисто, теперь постоянно валялся неубранный мусор. Сильные шторма, бушевавшие в то лето, повалили деревья вокруг, они так и валялись на дорогах, затрудняя проезд. На скамейках, где раньше ворковали влюблённые парочки, теперь сидели какие-то типы странного вида, — курили траву, нюхали кокаин и пили водку. Всё чаще стали разбивать стёкла в машинах. А по ночам на улице даже стали похлопывать пистолетные выстрелы.

Затем по всему Нью-Йорку прокатилась волна погромов, когда были разграблены сотни престижных магазинов и отделений банков. Кстати, неподалёку от моего дома тоже был разгромлен и разграблен супермаркет с тремя десятками престижных магазинов, как были разграблены и несколько автодилерских салонов.

Полиция практически бездействовала, опасаясь обвинений в расизме или антилиберализме.

Как раз в это время входила в разгар президентская гонка, накалились и политические страсти. Если республиканцы упорно «не замечали» медицинских масштабов пандемии, то демократы не замечали разгула преступности и бездействия полиции. Было очевидно, что жизнь простого человека политиками не ценится ни в грош, независимо от их партийной принадлежности.

Все, кто мог, обзаводились оружием, собственный пистолет уже выглядел не прихотью, а надёжным способом защитить себя. Я тоже решил, что пора обсудить с доктором Мерси детали приобретения пистолета.

Как древний маг

Случалось, возвращаясь после работы, я подходил к своему дому около семи часов вечера — как раз в то время, когда собравшиеся возле подъезда соседи — старички и старушки, согласно новой традиции, возникшей во время пандемии, чествовали «героев пандемии»: стучали перед домом в металлические тарелки и чашки, со многих окон тоже лился звон.

Я приближался к дому, в своей светло-синей госпитальной курточке, приветственно махая им рукой. А они, обрадовавшись, «усиливали» звук, стучали ложками по кастрюлям и тарелкам ещё сильнее. Несколько раз я, шутя, просил их «исполнить» мои любимые мелодии из «Дорз».

— Бен, ты герой! Ты настоящий супермен! Ты теперь болсе популярен, чем Джим Моррисон!

— Бен, где твоя гёрлфренд Эми? Каждый герой должен иметь любовницу.

— Эми уехала к себе в Джорджию проведать своих родственников, — врал я.

— Тогда я могу стать твоей гёрлфренд, на время её отсутствия, если ты не возражаешь. Я всё ещё очень горяченькая, — шутила какая-то из старушек.

Так, перебрасываясь ничего не значащими словами, под звон «литавр», я подходил к подъезду, возле которого магнолия распустила свои нежные цветы.

Я смотрел на белого голубя, который часто сидел на ветке дерева либо ходил по густой зелёной траве, выискивая там червяков и букашек. За этот год, с тех пор как он выбрал наш двор местом своего обитания, он заметно подрос и окреп, превратившись из худенькой пташки в сильную гордую птицу. В течение дня он то и дело перелетал от одного окна к другому, сидел то на подоконниках, то на кондиционерах, то на бортике крыши, словом, в его владении был весь дом.

Некоторые соседи суеверно считали, что этот голубь послан нам Богом охранять наш дом. И действительно, за всё время пандемии в нашем доме не умер ни один жилец, хотя некоторые очень тяжело болели. Несколько раз я видел, как некоторые соседи, проходя мимо этого голубя, останавливались и крестились.

Порой я поднимал с травы обронённые им гладкие белые перья и, сам не зная для чего, приносил их домой. Я бережно клал каждое новое перо вместе с другими, вместе с соколиным пером, принесённым когда-то Эми.

* * *

Эми исчезла. Я звонил ей каждый день, но её телефон по-прежнему был отключён. Она исчезла из Фейсбука и Инстаграма. Несколько раз я «дежурил» в машине возле её дома, но видел только Джейсона, входившего и выходившего оттуда. Где бы я ни был в городе, я вглядывался пристально, до неприличия, в чернокожих женщин, в надежде признать в какой-либо из них Эми.

Она оставила у меня в квартире свои шлёпанцы, мочалку, расчёску и чёрные шёлковые колготки. Как настоящий фетишист, я подолгу рассматривал эти её вещи, разложив их на кровати, перебирал их, брал в руки и, прикрыв глаза, сидел, восстанавливая в мельчайших деталях её образ в те минуты, когда она расчёсывалась этой расчёской, покрывала лаком ногти, снимала или надевала колготки. Я мысленно воссоздавал настоящую галерею Эми, будто экспозицию живых картин. Или фрагменты фильма в кинозале с одной-единственной и неповторимой актрисой.

У меня дома остались черновики Эми. Когда её посещало вдохновение, она, взяв попавшийся под руку лист бумаги и ручку, записывала какие-то строки, а то и целые страницы. Потом я случайно находил её черновики по всей квартире. Меня всегда удивляло, что она не сохраняет их. Я хранил эти черновики в специальной папке, будто бесценные документы — для будущих аукционов, музеев и библиотек. Я перечитывал их и от частого повторения своих любимых строк некоторые из них даже заучил наизусть. «Жизнь — это Слово. Это Слово живёт во мне, оно зачато во мне, глубоко в моей матке, там оно растёт и хочет выразиться через меня. Слово постепенно становится мной, а я — им. Бог создал меня только для того, чтобы через меня выразилось живое Слово». Ах, какие поэтические строки!

Или вот другой отрывок, о своём чёрном происхождении. «Иногда мне кажется, что я ношу в себе все боли прошлого. Мне кажется, что я ношу в себе все боли чёрных женщин, которые были рабынями, которых насиловали, избивали, травили собаками. Эти ужасы и жестокости передавались нам из поколения в поколение, любая чёрная женщина, родившаяся в Америке, несёт в своих генах душевную травму. И я не знаю, что мне делать с этой болью? Кому её отдать?..» Читая этот отрывок, я кривил лицо от досады и стыда, вспоминая тот проклятый день, когда я — будем называть вещи своими именами — изнасиловал её.

Каждый раз, когда слышал звонок телефона, я с замиранием сердца хватал свой мобильник в надежде, что это она. Она уволилась из агентства домработниц, где работала, и там никто ничего не знал о её теперешнем местонахождении. Не знаю, как она сумела договориться со своим офицером из прокуратуры, чтобы получить разрешение покинуть Нью-Йорк. Если бы я знал имя этого офицера, обязательно бы с ним связался.

Такое было невозможно представить: в наш век, когда все знают обо всех самые интимные подробности, человек неожиданно исчез, словно бесследно растворился в воздухе.

Нет же, я вру, вру. Эми исчезла как будто бы специально для того, чтобы сопровождать мой день с утра и до ночи, и ночью тоже. Она являлась ко мне в образе дикого кота, гулявшего в густом кустарнике солт-марша. Она подлетала и кружилась над моей головой чайкой, роняя тревожные, пронзительные крики. Она ползала тёмно-жёлтой змеёй между холодных камней на берегу. Я слушал её голос в шуме высоких трав и шелесте листьев. Я спрашивал о ней у волн, у ветра, у звёзд — у тех звёзд, которые отразились в её глазах, когда она смотрела в небо во время наших прогулок.

Все вокруг — птицы, звери, рыбы и звёзды — возвращали Эми ко мне, неудивительно, что я проводил бесконечно много времени на цветущем, поющем и стрекочущем солт-марше и даже ночью сидел там на холодных камнях, на берегу, узнавая голос Эми в плеске волн.

Порой я брал с полки и раскладывал на столе собранные белые голубиные перья. Потом я решил собирать красивые перья и других птиц — горлиц, скворцов, индюшек и ворон. Мне даже попались несколько оброненных серо-коричневых перьев соколов. Однажды мне пришла идея, и я стал скреплять эти перья с помощью проволоки и воска, решив сконструировать из них птицу, уповая, как древний маг, что эта птица возвратит мне Эми.

В тот период мне не нужны были ни приятели, ни алкоголь, ни политика, ничего. Как и прежде, я каждый день ходил на работу, но присутствовал там только физически. Порой я забывал, к какому пациенту и с какой целью иду. Ко мне обращался кто-то из коллег — врач или медсестра — я останавливался и с недоумением смотрел на них, пытаясь понять, о чём меня спрашивают и чего от меня хотят.

Бред

Сотцом стало происходить что-то неладное. Он восстановился после операций и, казалось, вот-вот окончательно вернётся «в норму». Вроде бы всё к этому шло. Эми ушла, от услуг другой домработницы от отказался, будучи уверен, что уже в состоянии сам за собой следить.

Надо сказать, отец принадлежал к типу общительных, но одиноких людей. Есть такой тип, кстати, нередко встречающийся в нашей жизни, хотя его не так легко распознать. Такой человек производит впечатление «компанейского» и «очень социального», легко сходится с людьми, на первый взгляд. Только на первый взгляд. Но если внимательно к нему присмотреться, то окажется, что близких, тёплых отношений он практически ни с кем, даже с родными людьми, не имеет, а вся его общительность поверхностна и обманчива. Почему так? Наверное, потому, что его первоочередной интерес — это только он сам, и никто другой: собственные интересы, личные выгоды, свои прихоти. Такие люди очерчивают чёткий круг своих тёплых чувств по отношению к другим, и эту линию никогда не переступают.

А вот мама, земля ей пухом, была ему полной противоположностью. Она постоянно выходила за пределы границ себялюбия и добрых дел. За это свойство её ценили и родственники, и друзья, и соседи — все, кто её знал. Не понимаю до сих пор, как они — такие разные — могли сойтись и пожениться? Что их объединяло?

Зная склонность отца к постоянным перемещениям по Бруклину, его привычку к бесконечным посещениям магазинов, в чём он находил непонятное мне удовольствие, я с самого начала пандемии опасался, чтобы он не заразился ковидом. Но теперь, в связи с карантином, всё изменилось: даже в парке возле его дома команды шахматистов и картёжников, с которыми он порою играл в карты или шахматы, растворились.

В любом случае, мои опасения оказались напрасны: отец и сам-то теперь не сильно стремился «аут», опасаясь вируса. Более того, он стал проявлять меры не простой, а сверхпредосторожности. Что-то в нём изменилось, особенно после ухода Эми, и он бóльшую часть времени оставался один. Он часто и подолгу был задумчивым, стал каким-то пугливым, малоразговорчивым. Сидел дома, с утра до вечера уткнувшись в телевизор, без прежних эмоций смотрел бейсбол или старые голливудские фильмы, почти не звонил ни мне, ни родственникам. Когда мы с ним встречались, его интересовало одно-единственное: много ли больных ковидом поступает к нам в отделение, много ли среди них стариков, и многие ли из них умирают?

* * *

Ночью меня разбудил телефонный звонок. На экране мобильника высветилось «Полицейский участок № 68».

— Хэлло, могу ли я поговорить с мистером Беном Горовицем? — спросил незнакомый мужской голос.

— Да, это я, — ответил я полусонным голосом.

— Вам звонит офицер Кларк из шестьдесят восьмого полицейского участка. Извините, что беспокою вас в такое позднее время.

— Я вас слушаю, — включив настольную лампу, я взглянул на настенные часы, показывавшие 2:47.

— Марк Горовиц ваш отец?

— Да. С ним что-то случилось?

— Пока неизвестно, точно сказать не могу. Ваш отец пропал. Во всяком случае, в квартире его сейчас нет, а дверь в его квартиру открыта. Сосед по этажу обратил на это внимание. Вероятно, он куда-то вышел, но забыл закрыть дверь за собой. Сосед проверил несколько раз, но так как ваш отец не появился, сосед позвонил в полицию. Вы случайно не знаете, где он? Быть может, он сейчас у вас?

— Нет, у меня его сейчас нет, и я не знаю, где он, — ответил я, окончательно проснувшись и начав перебирать в уме различные варианты, что могло с ним случиться и где он может быть в это время. Но ничего, что бы имело хоть какое-то правдоподобие, в голову не приходило.

— Ваш отец оставил дома свой мобильник. Мы проверили запись его сегодняшних звонков, зарегистрирован только разговор с вами. Он вам ничего не говорил, не собирается ли он куда-то поехать, остаться у кого-то на ночь?

— Нет, ничего подобного не припоминаю.

— А как у него с психикой? Он психически здоров? У него нет деменции?

— Деменции у него нет, — ответил я и тут же усомнился, так ли это.

— Что ж, тогда будем его искать. Нам для этого понадобится и ваша помощь. Вы где живёте?

— В Марин-Парке.

— Вы бы не могли сейчас к нам приехать сюда? Вы водите машину?

— Да, конечно.

И вот я ехал по ночному шоссе. Что же с ним всё-таки случилось? Куда он пропал, чёрт возьми?

Припарковав машину возле его дома, как раз возле стоявшей машины полиции, и надев маску, я поднялся на третий этаж.

— Мистер Горовиц? Спасибо, что так быстро приехали, — обратился ко мне полицейский. Он был тоже в маске. Другой коп стоял, упёршись задом о подоконник и скрестив на груди руки. — Не будем зря терять время. Ваш отец никому из знакомых не говорил, что ему не хочется жить?

— Это исключено. Я вам заявляю это с полной ответственностью профессионального психолога, работающего в отделении «скорой помощи».

— Хорошо. А какие у вас с ним отношения? — продолжал спрашивать полицейский, глядя на меня в упор, и наш разговор как будто приобрёл форму допроса. — Он на вас не жаловался? Не обвинял ли вас в чём-либо?

— Отношения у нас были непростыми. Но никакой смертельной вражды не было и в помине, если вы это имеете в виду.

Нашу беседу сопровождало биканье раций полицейских, а потом чей-то трескучий голос в динамиках передавал какие-то закодированные сообщения.

— Он водит машину? — спросил полицейский.

— Да.

— Где он её обычно паркует?

— Здесь, в подземном гараже.

— Пойдёмте проверим.

Мы втроём спустились по лестнице и вошли в большой плохо освещённый гараж.

— Вот она, — я указал я на стоявший его Grand Cherokee.

Один из копов попытался открыть дверцы машины, но они были заперты.

— Окей, мистер Горовиц. Покажите нам его последние фотографии, чтобы знать, как он выглядит, подскажите, в чём он мог быть одет, выходя из дому. Мы его поищем до завтрашнего вечера и, если не найдём, тогда подадим в розыск как на «пропавшего человека».

Вскоре мы все покинули дом. Полицейские сели в свою машину и уехали. А я направился к парку, неподалёку от его дома. Я спускался по дорожкам парка, ведущим к набережной, вглядываясь не только в пустые столы шахматистов и скамейки, но и на склоны, усаженные кустами и деревьями, — не лежит ли там кто-либо. Порой то тут то там раздавался крик разбуженной птицы или хруст ветки старого дерева, колыхаемого ветром. Но парк был совершенно безлюден.

Дойдя до набережной, я приблизился к бетонному парапету и, перегнувшись, посмотрел, нет ли там — на камнях — кого-либо. Но и набережная была пуста. Невысокие волны набегали на тёмные валуны и, разбиваясь с глухим хлопаньем, отступали назад. Мой глаз уже хорошо различал тающую пену и даже тёмные колыхаемые в воде густые водоросли. Лунная дорожка тянулась по воде, таинственно переливаясь и сверкая золотыми блёстками. Очарованный этим волшебным видом, я невольно замер. Подумал о том, что красота Творения порой совершенно неожиданно приоткрывается нашему взору, но часто это случается в такие минуты, когда мы завалены житейскими проблемами, и нам, чёрт возьми, не до эстетических наслаждений. «Красота вечна, всё остальное — временная земная пыль», — негромким голосом произнёс я одну из строк поэтессы Марианны Мур, которую часто на память цитировала Эми.

И пошёл обратно к машине, решив объехать весь район поблизости от дома отца в надежде всё-таки найти его здесь. Он ведь не мог далеко уйти от дома! Я колесил по пустым улицам района, внимательно всматриваясь в единичных одиноких прохожих.

— Дэд! Дэд! — закричал я, резко нажав на тормоз и выскочив из машины.

— Бен? Ты? Как ты меня нашёл, а? — невозмутимо спросил отец.

Он сидел на автобусной остановке, закинув ногу на ногу. Он был одет в джинсы и серую ветровку поверх свитера. Он хоть и удивился моему появлению, всё же по-прежнему сидел, не меняя позы и сохраняя внешнее спокойствие.

— Папа, почему ты здесь? В четыре часа ночи на автобусной остановке? Что ты здесь делаешь?

— Почему я здесь? Так, сижу, дышу свежим воздухом, — ответил он. По всему было видно, он не был готов к этой встрече и не имел заранее готовых ответов.

— Каким свежим воздухом? Что за чушь ты несёшь?

— Жду, когда откроется магазин. Мне срочно нужно купить кое-что из еды, — ответил он, кивнув в сторону находившегося неподалёку от остановки супермаркета, где он обычно покупал себе продукты и мелкие хозяйственные предметы.

— Нужно срочно что-то купить? Ты что, умираешь с голода и не доживёшь до утра? У тебя же полный холодильник жратвы.

Его странные, глупые ответы стали меня выводить из терпения. Он что, издевается надо мной? Я зло засопел. И тут мой взгляд неожиданно остановился на одноэтажном здании под вывеской HSBC банка.

— Ты ждёшь, когда откроется банк, да? — спросил я, понизив свой голос, угадав, что проник в какую-то его тайну.

Отец надолго вперил в меня задумчиво-насторожённый взгляд. Затем пригладил ладонью свои поредевшие волосы.

— Да.

Спустя некоторое время мы оба вошли в его квартиру. Пока отец снимал обувь и переодевался, я позвонил в полицию, назвал номер дела, и меня сразу связали с уже знакомым офицером по имени Кларк. Я сказал ему, что пропажа нашлась — на автобусной остановке. Объяснил, что, судя по всему, у отца произошло некоторое помутнение рассудка, конфузия, он принял утро за вечер и потерял ориентацию в пространстве, не понял, где находится.

— В общем, давать объявление «о пропавшем человеке» не надо.

— Хорошо. Завтра утром мы заглянем к нему, на всякий случай. Удачи, — сказал коп на прощанье.

Отец тем временем тщательно протёр руки санитайзером, переоделся в домашнее и сел на диван.

А я прошёлся по комнате. Увидел на подоконнике брошюру с купонами на скидки цен в ближайшем супермаркете. Взяв брошюру, перелистнул несколько страниц. Конечно, я был рад тому, что отец нашёлся. Но теперь меня беспокоило другое — что с ним? В своём ли он уме? И насколько это серьёзно?

— Ты хочешь узнать, почему я тебя искал? — спросил я, сменив суровый тон на добродушный. — Знаешь, что случилось? Ты вышел из квартиры, забыв закрыть дверь за собой. Сосед это заметил и вызвал полицию, и потом мы тебя стали разыскивать. Мы намеревались подать сообщение «пропал человек». Через пару дней твой портрет висел бы на всех столбах в Бруклине.

Выслушав эту историю, отец усмехнулся.

— Тогда я бы стал звездой Голливуда.

— О, да, и получил бы «Оскар» за лучшее исполнение роли «пропавший без вести». Скажи, зачем ты ждал открытия банка? — спросил я по-прежнему ласковым, едва ли не сахарным голосом.

Отец некоторое время сидел, глядя перед собой.

— Сын, ты разве не понимаешь, что скоро произойдёт?

— Что?

— Вот-вот начнётся хаос, вот что! К власти придут фашисты, неважно, как они себя будут называть — левыми, правыми или патриотами. И как всегда, во всём окажутся виноватыми евреи. Такое в истории случалось не раз. Поэтому нам к этому времени нужно хорошо подготовиться, чтобы под рукой всегда были наличные деньги. Банкоматы скоро будут пусты, понимаешь?

Я не сводил с него глаз.

— Сегодня утром я хотел взять в банке двадцать тысяч долларов. Причём я хотел попросить, чтобы мне дали мелкими купюрами, потому что во время хаоса никто не будет брать крупные, опасаясь подделки. А сейчас из-за очередей в банк попасть почти невозможно, всем нужна наличка, ведь я не один такой умный, поэтому туда нужно прийти пораньше. Теперь понял?

Я молча кивал, пытаясь осмыслить всё сейчас услышанное.

Отец поднялся и подошёл ко мне. Он насторожённо покосился на меня и поёжился, будто от холода. Затем неожиданно наклонился ко мне так близко, что я на своём лице уловил его частое дыхание. Взял меня за руку и залепетал:

— Бен, сынок, сынок. Сейчас я тебе во всём признаюсь. В последнее время я страдаю сильной бессонницей, меня душат кошмары, преследуют тяжёлые воспоминания. Мне стали являться мои давно умершие родители, мне даже порой кажется, что я слышу их голоса. Я думаю о войне и уничтожении евреев. Я стал часто думать о Боге, хотя ты же знаешь, что я в Бога не верю… — он вытер рукой лоб, на котором выступили мелкие капли пота. — А ещё в последнее время у меня часто кружится голова, поэтому я и машину стараюсь водить как можно реже. Я не хотел тебе говорить об этом, чтобы ты не переживал из-за меня. Я не хотел, чтобы ты бы меня посчитал психом…

Таким — возбуждённым, слабым, отчаянным, — я его никогда не видел. Мне стоило больших трудов его успокоить и уложить в кровать, дав перед этим снотворное. Дождавшись, пока он уснул, я тихо вышел.

* * *

По дороге домой я размышлял об этой ситуации. Мне нужно было время, чтобы обо всём спокойно подумать. Как же я не заметил, что отец на грани нервного срыва? Понятно, что из-за пандемии он под сильным стрессом, как и многие старики. Они — в изоляции и охвачены страхом смерти. Но я был уверен, что отец с этим справится. Оказалось, я ошибался. А-ах!

Моё внимание привлекла какая-то птица, парившая высоко в небе. Птица стала быстро снижать свой полёт и вскоре летела едва ли не рядом со мной, стараясь не отставать, хотя моя машина мчалась на высокой скорости. То и дело отрывая взгляд от дороги, я вглядывался в неё, пытаясь понять, что это за птица. Вдруг птица приблизилась вплотную и ударила в стекло своим клювом.

«А-а!» — открыв глаза, я резко дёрнул руль и со всей силы нажал на педаль тормоза. Машину бросило в сторону и вынесло на газон у шоссе. Переведя дыхание, я понял, что заснул за рулём. И мог бы сейчас запросто разбиться.

Выйдя из машины, я обошёл машину вокруг, осмотрел, нет ли на ней свежих вмятин или царапин. Затем посмотрел на небо в редких тучах и на бледный месяц, угасающий в лучах рассвета. Я увидел тёмную птицу в небе, улетавшую куда-то. Её крик «Кии-иии-арр!» достиг моего слуха. Птица становилась всё меньше и меньше, превратившись в маленькую точку, и в конце концов вовсе исчезла.

* * *

На следующий день я собрался отвести отца к психиатру, чтобы тот выписал ему какие-нибудь успокоительные таблетки. Я даже предложил ему пожить у него некоторое время. Однако отец отказался от всех моих предложений. Сказал, что у него есть другой план, он хочет попробовать «что-то другое».

— Что-то другое? Что же?

Отец скривил лицо и произнёс с некоторым смущением:

— Женщина.

— Папа, о чём ты говоришь?

— Fuck! Мне нужен хороший fuck. Вот о чём я веду речь.

— Ты считаешь, что хороший fuck тебе поможет? — спросил я, наморщив лоб. Я всё ещё подозревал, что он шутит или же это у него продолжается вчерашний бред. К тому же мне было неловко обсуждать с отцом такой «дсликатный» вопрос.

— Я знаю, что говорю, — сейчас отец принял вид человека, который утвердился в своём решении.

— И как ты себе это представляешь? — спросил я после недолго молчания. — Как ты найдёшь себе такую женщину? Я уверен, что все стриптиз-клубы закрыты. Я слышал, что многие проститутки оставили своё ремесло из-за опасности заразиться ковидом. Они сидят по домам и получают пособие по безработице.

— Я найду способ. Посмотрю объявления в некоторых газетах или по телевизору.

— Говорят, что теперь цены на секс-услуги взлетели до небес, — я всё ещё пытался отговорить отца от исполнения этого плана.

— Не переживай, я найду такую, которая возьмёт с меня недорого, по-божески.

Я задумчиво почесал свой затылок.

Я сомневался, что из этой авантюры получится что-то путное, и продолжал бы отговаривать его. Но я также знал, что мой отец был слаб на женщин, и, если говорить откровенно, он был очень силён в сексуальном отношении. Помню, как ещё в моём детстве по ночам я слышал разговоры родителей в соседней спальне, когда мама жаловалась на его высокую сексуальность, что ей было явно в тягость. Потом о том же самом простодушно признавалась мне и его вторая жена так, что мне выслушивать об этом было крайне неловко.

Может, отец прав? И всё можно решить таким простым «натуральным» способом?

— Окей, дэд, поступай так, как считаешь нужным.

И, как говорится, мяч покатился. Через несколько дней отец позвонил мне и попросил некоторое время к нему не приходить. А приблизительно через неделю он объявился: позвонил и сказал, что у него всё в порядке и что он меня ждёт. Приехав, я застал отца в хорошей форме: он уже не жаловался и не дрожал от вида собственной тени. К нему вернулось некоторое самодовольство и даже его прежняя хамоватость.

А ещё некоторое время спустя отец сообщил мне, что недавно ездил на кладбище и купил себе там участок земли неподалёку от могилы моей мамы. «Когда будешь там у мамы, заглянешь и ко мне. Может, ещё и прочитаешь над моей могилой кадиш».

Незваный гость

—Кто там? — спросил я, взглянув на стене на видео-экран интеркома и увидев в нём какого-то черно-кожего мужчину в чёрной маске и красной бейсболке, стоявшего в холле перед входной дверью.

— Fedex почта, — ответил тот.

Я приблизил палец к кнопке интеркома, но какая-то сила удержала, чтобы эту кнопку сразу нажать и отво-рить дверь. Что-то знакомое смутно угадывалось в этом мужчине в чёрной маске за входной дверью, будто мы уже когда-то встречались, и явно не насчёт почтовой доставки Fedex.

— Подождите минуту, — сказал я, покусывая губы и решая, как быть.

— Привет, бро. Как жизнь? — спросил мужчина, когда я открыл ему дверь своей квартиры. Мужчина сразу же перенёс свою ногу через порог на тот случай, если я попы-таюсь закрыть дверь.

— Привет, — ответил я, не сходя с места и глядя на гостя в упор.

Мужчина был выше меня, наверное, на полголовы, худощав, спортивного сложения. На нём была красная бейсболка, широкие джинсы и белая футболка навыпуск с коротким рукавом и надписью "BLM".

Он снял с лица маску и широко улыбнулся.

— Что, бро, узнаёшь? Я мистер Джейсон, бойфренд Эми. Как твои дела в прокуратуре? По-прежнему надзираешь за осуждёнными? А ты меня в тот раз хорошо разыграл. За такие дела, мой друг, обычно ломают череп, — он умолк, устремив на меня тяжёлый, мрачный взгляд.

Из коридора донеслись звуки открывшихся дверей лифта, кто-то вышел, и вскоре за углом в коридоре громко хлопнула соседская дверь.

— Бро, ты меня даже не пригласишь к себе? Это невежливо. Я ведь тебя к себе приглашал. Или ты — белый — может, не хочешь впустить к себе fucking ниггера? Это ниже твоего достоинства, да? — он стал поглядывать через мою голову.

— Как ты узнал, где я живу?

— Как? Очень просто — позвонил в прокуратуру, назвал твоё имя. Сказал им, что меня зовут Джейсон и кто я такой. И они сразу дали мне твой адрес. Я им сказал, что пока я сидел в тюрьме, ты трахал мою девочку. И я хочу тебя за это отблагодарить, — всё это время он пытался заглянуть внутрь моей квартиры, наверняка рассчитывая увидеть там если не Эми, то какие-то следы её пребывания здесь. — Окей, мэн. Давай начистоту, я не люблю ходить вокруг да около, — не дожидаясь приглашения, он резким толчком оттолкнул меня и вошёл.

Засопев, я стал возле шкафа, положив на грудь скрещённые руки.

Джейсон постоял в центре гостиной, осмотрелся по сторонам. Не сказав ни слова, прошёл в ванную, потом заглянул в спальню.

— Не ищи. Её здесь нет.

Гость остановился напротив меня в нескольких шагах.

— Где она? Ты должен знать, где она.

— Я хотел бы, чтобы это было так. Увы. Она исчезла месяц назад. Я не знаю, куда она уехала и где сейчас. Между прочим, она взяла «на дорожку» у моего отца десять тысяч баксов, — соврал я. — Я думал, ты знаешь, где она.

Джейсон немного сузил глаза, его взгляд оставался таким же настороженным и подозрительным. Он как будто взвешивал, заслуживают ли мои слова доверия.

— Она взяла десять кусков у твоего отца? Она в своём репертуаре, — хмыкнул он. Похоже, ему стало немного легче оттого, что исчезновение Эми принесло неприятности не только ему.

Но улыбка быстро сошла с его лица, ноздри стали раздуваться, и желваки дёрнулись на его широких скулах.

— Если ты держишь меня за дурака опять, ты пожалеешь, — он разогнул указательный палец, изобразив им дуло пистолета, и направил его на меня. — Пу-пух! Понял?

Я молчал.

— Отвечай! Ты понял?

Я молча кивнул, но этот кивок был не знаком согласия, а, скорее, ответом, что я его слышу. Но необязательно собираюсь что-либо исполнять.

— Она о тебе иногда вспоминала. И ждала, когда ты выйдешь из тюрьмы. Я ей предлагал жить со мной, но она отказалась. Однако она не захотела остаться и с тобой. Судя по всему, она не выбрала ни меня, ни тебя. Она выбрала себя. Это всё, что я могу тебе сказать.

В долю секунду Джейсон оказался возле меня, схватив меня за футболку на груди.

— Не говори этого! Слышишь? Она не ушла от меня, потому что она никогда не сможет от меня уйти. Она знает, кто она для меня и что ради неё я готов на всё. Я могу тебя сейчас убить или покалечить, но я тебя не трону, потому что она... — он запнулся, будто бы не знал, как закончить фразу. Разжав кулаки, державшие мою футболку, он оттолкнул меня. — Живи, ниггер. И отойди от неё в сторону, лучше отойди в сторону.

Он уже направился к наружной двери, чтобы покинуть эту ненавистную ему квартиру. Он, конечно, заметил и шлёпанцы Эми, стоявшие среди моей обуви возле вешалки, и её расчёску, и несколько пузырьков лака для ногтей на полке. Но, несмотря на это, ему было ясно, что владелица этих вещей сейчас в этой квартире не живёт.

— Хочешь выпить? — спросил я, глядя вслед уходившему гостю.

Джейсон замер от этого столь неожиданного предложения. Он медленно повернулся и, наклонив голову набок, присмотрелся ко мне, будто бы сейчас увидел меня впервые.

— Что? Ты предлагаешь мне выпить?

— Почему нет?

Не дожидаясь ответа, я подошёл к шкафчику, взял оттуда начатую бутылку водки «Абсолют» и полную бутылку виски «Джонни Уолкер». Поставил на стол две большие рюмки, два стакана для воды, вытащил из холодильника пепси и сельтерскую воду, яблоки, сыр.

Джейсон, наблюдая эту сцену сервировки стола, не знал, как к этому отнестись.

— Водку? Виски? Что будешь пить? — спросил я гостя, наливая себе в рюмку виски.

— Виски, пожалуйста, — сказал он наконец, подойдя к столу. Сев на стул, снял с головы бейсболку.

Первые три рюмки мы выпили молча, в абсолютной тишине. Когда пили по четвёртой, стали ронять какие-то случайные фразы о погоде.

— Алекса, играй «Doors». Песня «Whiskey Bar», — заказал я.

— «Alabama song», by the «Doors», — механическим голосом отозвалась Алекса, и в квартире зазвучала музыка.

— Алекса, стоп! Играй Поп Смок «Welcome to the Party», — перебил Джейсон, и Алекса послушно включила рэп.

— Fucking пандемия, — сказал Джейсон, опрокидывая залпом ещё одну рюмку виски. Затем взял яблоко, потёр его об руку и со звонким хрустом укусил так, что из яблока брызнул сок.

— Да, ситуация идиотская, хуже некуда, — согласился я, выпив очередную рюмку.

— Fucking Трамп, — сказал Джейсон. — Он должен сидеть в тюрьме, греть нары. Наши парни в тюрьме его ждут. Он не платил налоги, mother fucker.

— Да. Хер с ним.

Мы снова разлили по рюмкам и, чокнувшись, выпили.

— Чем ты теперь собираешься заниматься? — спросил я.

— Не знаю. Хотел устроиться тренером в фитнесс-клуб, где я когда-то работал. Но клуб из-за ковида закрыт. Придётся искать что-то другое, — он помолчал. — Два года я сидел в тюрьме, день и ночь мечтал о том, как выйду, как мы с ней начнём жить, что всё у нас будет окей: семья, дети. Окей, я допускал, что она трахается с кем-то, я понимаю, она женщина, без этого не может. Но я был уверен: когда вернусь, она оставит всех своих fuckers и будет только со мной. А-ах! Какая женщина!

— Да, — согласился я.

Мы уже осушили бутылку виски и приступили к водке. Мы оба уже были чертовски пьяны. Но продолжали пить, говорили уже горячо, больше говорили сами, чем слушали друг друга, наш разговор уже имел мало смысла, но нам, напротив, казалось, что беседа как раз только сейчас приобретает значимость и смысл.

— Ты только представь себе, бро, что сейчас творится в тюрьме из-за этого fucking ковида. Все парни болеют, масок нет, никакого лечения нет, ничего, просто нет ни-че-го, — он махнул рукой, едва не опрокинув на столе стакан, к счастью, уже пустой, без воды. — Но для меня этот ковид сыграл на руку — меня освободили на три месяца раньше. А три месяца в тюрьме, бро, это очень долго, особенно если это три последних месяца. Это о-о-очень долго. Ты когда-нибудь тянул срок? Ну да, зачем тебе, это мы, ниггеры, сидим в тюрьме за любую ерунду, а вы, белые, совершаете серьёзные преступления, и вам всё сходит с рук.

— Да, это правда, расизм никуда не исчез. Вот, к примеру, я всегда замечал, с каким скрытым осуждением и плохо скрываемым любопытством смотрели на нас с Эми — и белые, и чёрные, где бы мы с ней ни были. А когда я шёл с белой женщиной, никому до нас не было дела.

— Получается, бро, ты тоже испытал на себе расизм, — пошутил Джейсон. — Но если говорить серьёзно, то мы, ниггеры, сталкиваемся с этим на каждом шагу. Знаешь, с чего началось моё детство? Моё детство началось со спортивной площадки возле нашего дома. Мой дэд привёл меня туда, когда мне было лет пять, и сказал: «Сын, запомни: ты чёрный, но тебе придётся расти среди белых, которые будут тебя всегда презирать и ненавидеть. Поэтому ты должен быть сильным». Понимаешь, это непросто — я не люблю тебя, а ты — меня. Это всё гораздо глубже.

— Как раз я это очень хорошо понимаю, понимаю, как никто другой. Потому что мы, евреи, в своей истории испытали то же, что и вы.

— Может, ты и прав. Хотя мы, чёрные, пострадали гораздо больше.

— Эй, эй! Хватит говорить ерунду и изображать из себя жертву, — оборвал я его. — Я всё понимаю, но давай поговорим напрямую конкретно о тебе. Я знаю твою историю: ты продавал наркотические пилюли, затем связался с бандой, занимавшейся рэкетом. Ты заслужил тюрьму.

— Что? Что за чушь ты несёшь, мэн? Ты, идиот, даже не врубаешься, о чём говоришь! — широко размахнувшись, Джейсон одним движением смёл со стола всё там стоявшее — тарелки, рюмки, консервные банки и пустые бутылки полетели на пол.

— Это не я, а ты fucking идиот! — отчётливо произнёс я, подавшись вперёд и приблизив к Джейсону своё лицо. — Она всё равно не вернётся к тебе. Никогда не вернётся. Поверь мне. Она вернётся ко мне. Запомни то, что я сейчас говорю.

И только сейчас нам обоим стало ясно, что эта миролюбивая «посиделка» с выпивкой и закуской была лишь «разогревом», прелюдией перед началом совершенно другого разговора.

Раздался звонкий хлопок сильной пощёчины, и моя голова дёрнулась от удара.

Я сжал кулаки, но неожиданно, вместо того чтобы броситься на Джейсона, громко и вызывающе расхохотался ему в лицо.

— Ты ей не нужен, бро! Ты никто и ничто! Думаешь, я мало повидал таких, как ты? Ты долго не выдержишь, попомни мои слова: через месяц ты опять будешь продавать наркоту, займёшься грабежами и к концу года снова попадёшь в тюрьму. Понял? А Эми будет жить со мной. И будет трахаться со мной, и будет любить меня, и будет мне делать минет, — я не успел закончить свою тираду, как Джейсон, сжав кулак, ударил меня в грудь.

— Fuuuck! — заорал я, отлетев в сторону и упав на пол. Но тут же вскочил на ноги и, отклонившись набок, попытался кулаком ударить Джейсона, который к тому времени уже стоял передо мной в боксёрской стойке.

Защитившись от удара, он сильно дал мне кулаком в живот, а потом снизу добавил по лицу.

У меня потемнело в глазах, хоть и сильно пьяный, я почувствовал во рту солоноватый привкус, из носа закапала кровь. Тяжело дыша, глядя, как кровь капает на футболку, я завёл правую руку за спину и… через мгновение в моей руке был пистолет, направленный на Джейсона.

— Пошёл вон из моего дома! Слышишь меня?

Джейсон остановился, не ожидая такого поворота, и даже инстинктивно отклонился назад. Уставился на пистолет в моей руке.

— Вон! Вон из моего дома! — прохрипел я.

Теперь я ясно осознал главную причину приобретения пистолета — я не сомневался, что рано или поздно столкнусь с Джейсоном, и во время этой встречи пистолет может ой как пригодиться.

Меня охватило бешенство. Но несмотря на это, я всё-таки отдавал себе отчёт в том, что ни при каких обстоятельствах не сниму пистолет с предохранителя.

Неожиданно перед моими глазами мелькнуло что-то тёмное — рука Джейсона, и через мгновение я отлетел в угол, оказавшись на полу.

— Fuck! Fuck! — сев на меня, Джейсон рывком перевернул меня на спину, чтобы вырвать из моих рук пистолет, который я всё ещё крепко держал.

Он пытался разжать мои пальцы, но я с размаху свободной рукой ударил его по рёбрам, а потом уцепился рукой в его лицо, стараясь воткнуть пальцы ему в глаза. Он пытался сорвать мою руку со своего лица, но я ударил его рукоятью пистолета в грудь и вырвался. Снова встал на ноги. В моих глазах всё мутилось, из носа лилась кровь, моя футболка, руки, джинсы — всё было в крови.

К моему удивлению, Джейсон спокойно поднялся, издав некоторое кряхтение, распрямил спину и приложил руку к груди, словно ощупывая себя — всё ли с ним в порядке. Затем, наклонив голову набок и изогнув в удивлении правую бровь, посмотрел на меня точно так же, как смотрел незадолго до этого, когда я предложил ему выпить.

— А ты, бро, боец. Я теперь понимаю, почему Эми с тобой сошлась, она выбирает только настоящих мужчин. Слушай, я ничего не имею против тебя. Мы сегодня с тобой познакомились, да? Но отныне нам с тобой лучше не встречаться. Потому что это может плохо закончиться для кого-то из нас, а скорее — для нас обоих. Но я ничего не могу тебе обещать.

— Я тоже.

Лицо Джейсона дрогнуло, но он быстро овладел собой и снова усмехнулся.

— Я так понимаю, что ты не умеешь держать свой грязный рот закрытым. Это очень плохая черта, бро. Окей, на сегодня достаточно. Мне пора идти, — он демонстративно хрустнул пальцами, подошёл к столу и взял лежавшую там красную бейсболку. — Ещё вот что: я тебе советую от этой игрушки избавиться. Бро, ты всё равно не сможешь никого убить, я же вижу, ты не тот человек, кто способен на такое. А пять лет тюрьмы за нелегальное владение оружием заработаешь. Или, может, ты теперь будешь хранить этот пистолет специально дня меня?

— Спасибо за совет. Но я им владею законно, — сказал я, вытерев кровь с подбородка.

Часть шестая

Весёлый ветеран

Был солнечный воскресный день, летнее солнце ласковым светом заливало Нью-Йорк. Повсюду звучал птичий щебет. Воздух был напоён ароматами трав и цветов.

В этот день, хоть и в воскресенье, была моя смена в отделении. Несмотря на то что рабочая смена выпала в воскресенье, большинство сотрудников были в приподнятом настроении. Может быть, потому что очень ласково светило летнее солнце, и звонко щебетали птицы на ветках, и воздух был чист и прозрачен. Лето в разгаре!

Или всё-таки причиной приподнятости всеобщего настроения было то, что с утра пациентов в «скорой» было очень мало, почти треть палат пустовала, и хотя все работники следовали строгому суеверию — не произносили вслух запретной фразы «сейчас в отделении спокойно» и делали вид, что не замечают этого, каждый из нас отдавал себе отчёт в том, что всё-таки сейчас в отделении действительно спокойно.

Ну а главной причиной всеобщего подъёма был тот факт, что сегодня утром приехал тягач и увёз три передвижных морга, стоявших на улице возле «скорой». И вот теперь это пространство возле входа в «скорую» — свободно, и последним напоминанием об этих зловещих символах пандемии являлся лишь подсыхающий асфальт в том месте, где с трубок компрессоров тех моргов несколько месяцев подряд капала вода.

Поскольку сейчас всё было тихо и спокойно, новые пациенты с утра не поступали, медперсонал позволил себе расслабиться: одни рассматривали какие-то вэб-сайты на компьютерах, другие читали новости, третьи болтали между собой. А некоторые, прикрыв ладонью лицо, просто дремали.

Я разговаривал о чём-то с гигантом Стивеном, поглядывая на часы. Когда работы нет и делать нечего, время тянется долго.

В зоне «для дебилов» находился лишь один пациент — мужчина средних лет. В жёлтом халате он лежал на кровати, мирно подрёмывая.

— Этот парень — ветеран войны, — сообщил мне Стивен. — Вчера ночью он устроил шоу в доме для ветеранов, где живёт: полез в драку с соседями и угрожал взорвать всё здание. Психиатр его уже осмотрел и решил отправить его в «гнездо кукушки». Ждём, когда для него там приготовят кровать.

— Понятно.

Мы оба посмотрели на мужчину и, не заметив в нём ничего особенного, перевели разговор на другую тему. Поболтав со Стивеном, я отправился в свой офис.

— Бен! Бен! Ты у себя? — окликнул меня доктор Харрис из своего кабинета. Он тоже работал в этот день.

— Да, док, я здесь.

— Зайди ко мне.

Через пару минут я стоял на пороге его кабинета.

— Как дела у твоей подружки? В отделе кадров всё ещё работают над её документами, на какой-то бумажке нужно поставить ещё одну подпись, и тогда Эми будет нанята. Говорят, это займёт не более двух недель.

Я молчал.

— Бен, ты слышишь, что я сейчас тебе говорю? Или ты оглох?

— По правде сказать, я не знаю, где Эми сейчас и вернётся ли она вообще, — признался я, вздохнув.

— Вот оно что! Жаль. Она мне понравилась, хорошая девушка, — было видно, что и босс сожалеет о таком повороте событий. — Кстати говоря, не связаны ли твои недавние синяки на лице каким-то образом с её исчезновением?

— Каким-то образом связаны. Я случайно встретился с её бывшим бойфрендом, и у нас произошёл мужской разговор за бутылкой виски.

— Что ж, парень, не отчаивайся, дело молодое. Может, она ещё вернётся, — он не знал, что ещё сказать мне в утешение. Но было видно, что он пригласил меня по какому-то другому поводу. — Бен, я, конечно, понимаю, что у тебя сейчас шекспировская трагедия и тебе ни до кого нет дела. Но мне очень нужна твоя помощь, и без тебя мне никак не обойтись. Поможешь?

— Конечно.

— Тогда слушай внимательно: в офисе для совещаний, в дальнем углу, стоит большой холодильник. Там лежит двадцать упаковок хот-догов, которые я купил, и большая кастрюля с квашеной капустой. В шкафчиках найдёшь салфетки и одноразовую посуду. Попроси кого-нибудь из студентов, чтобы тебе помогли. Возьмите тележку для лекарств, всё загрузите на неё и везите на улицу. А я вас там встречу.

Вскоре мы стояли на небольшой зелёной лужайке возле «скорой». Доктор Харрис вытащил из багажника своей машины плитку-гриль и подключил к ней газовый баллон. Вместе с двумя резидентами мы расставили раскладные столы и стали на гриле запекать сосиски.

Резиденты обсуждали между собой дело какого-то больного, спорили насчёт гемоглобина и магния в крови, при этом переворачивая сосиски на гриле. Вскоре над стройными рядами готовых хот-догов, лежавших на фольге, вился ароматный дымок, пахло квашеной капустой — доктор Харрис раскладывал салат в серые пластиковые ванночки, в которых медсёстры носят пластырь, лекарства и шприцы для уколов.

И вот из здания к нашему «фуршету» потянулись первые «клиенты». Из раздвижных дверей выходили медсёстры, врачи и полицейские.

Я предлагал им на выбор:

— Курица? Говядина? Свинина?

— М-м-м, вкуснятина. Бен, дай мне ещё.

Изредка, свернув с главной магистрали, мимо нас проезжали по дороге машины «скорой», привозившие новых пациентов.

— Эй, парни! Хотите хот-дог? — обращался я к парамедикам в машинах, размахивая поднятыми пустыми тарелками.

— Да! — останавливались они.

Я передавал бумажную тарелку с хот-догами кому-то из коллег, а тот подносил «блюдо» к машине.

За этим весёлым занятием — раздачей хот-догов — я даже не заметил, как рядом произошли странные перемещения: полицейский, оставив свой хот-дог, куда-то побежал, следом за ним помчалась и старшая медсестра, и доктор Харрис.

— Сбежал! Сбежал! — раздавались крики, и многие из медперсонала понеслись в направлении узкой дороги сразу за территорией госпиталя.

Я тоже покинул свой «фуршет» и помчался туда, где возле дороги собралась группа людей.

— Я ветеран! Да! Я ветеран афганской войны, мать вашу! — невысокий кряжистый мужчина средних лет в жёлтом госпитальном халате и в носках без обуви стоял, окружённый медперсоналом. — Прочь с дороги! — требовал он.

— Я вижу, что ты ветеран. Но ты должен успокоиться. Ты меня хорошо слышишь? — доктор Харрис стоял напротив этого разбушевавшегося мужчины, обращаясь к нему спокойным, но твёрдом голосом. — Слушай меня внимательно. Ты должен сейчас же вернуться обратно в отделение. Всё понятно?

— Ты грёбаный идиот! Отвали! — шагнув вперёд, мужчина занёс кулак, чтобы ударить доктора Харриса в лицо.

Но сделать этого не успел, так как стоявший рядом полицейский схватил его за руку и после недолгой борьбы повалил на асфальт. Мужчина стал вырываться. Тогда и я решил помочь: опустившись на землю, налёг всем телом мужчине на ноги, чтобы он не смог подняться.

— Кровать! Везите сюда кровать! — распорядился доктор Харрис и, не дожидаясь, сам побежал к зданию госпиталя за каталкой.

Подошли ещё несколько полицейских.

— Кто он? Что с ним случилось? Как ему удалось выбежать? — наперебой расспрашивали друг у друга сотрудники.

Одна из медсестёр рассказала детали несостоявшегося побега:

— Он лежал в зоне «для дебилов», ждал свободной кровати в «гнезде кукушки». Вёл себя тихо-мирно, ничего подозрительного. Потом поднялся и пошёл якобы в туалет. А на самом деле незаметно проник в тыльную часть отделения, где стеклянная дверь «пожарного выхода», которая всегда закрыта. Разбил огнетушителем стекло в этой двери и выбежал. Но включилась сирена, и он не успел далеко удрать.

Собравшиеся комментировали происшествие:

— Ничего удивительного.

— Он же ветеран войны, ему, наверное, почудилось, что он попал в плен к исламистам.

— Эти ветераны — несчастные ребята, у них у всех из-за войны мозги перевёрнуты.

Тем временем к месту «боевых действий» подвезли передвижную кровать.

— Мы сейчас положим тебя и отвезём обратно в отделение, — сказал доктор Харрис, став на одно колено перед лежавшим на земле пациентом в жёлтом халате, которого мы по-прежнему крепко держали за руки и ноги. Доктор Харрис сжимал в руках чёрные кожаные ремни. — Слушай меня, мой друг. Если ты обещаешь вести себя нормально, мы тебя не будем привязывать ремнями к бортикам. Выбирай: да или нет?

— Да, — глухо ответил мужчина.

— Окей. Но смотри мне, без шуток, — доктор Харрис подал знак рукой, и мы подняли пациента с земли.

Тот нехотя лёг на кровать. Полицейские поставили металлические бортики.

— Готово? Повезли.

И мы покатили кровать в отделение.

— Когда я выберусь из вашего грёбаного госпиталя, я раздобуду М-16, вернусь сюда и устрою вам всем настоящий рок-н-ролл, — мужчина бросал на нас злобные взгляды. — Или узнаю, где вы живёте, приду и замочу каждого.

— Мэн, ты можешь заткнуться? — сказал ему доктор Харрис командирским голосом.

К удивлению, мужчина послушался команды и умолк.

Толкая кровать, доктор Харрис посмотрел на меня и промолвил:

— А я, грешным делом, подумал, что хоть сегодня до конца смены будет спокойно. Чёрта с два!

Мы проходили мимо «фуршета». Полицейские и доктор Харрис продолжали катить кровать ко входу в отделение. А я остался, чтобы и далее обслуживать коллег и парамедиков. Я громко и задорно спрашивал у всех:

— Курица или говядина? С кетчупом или горчицей?

— М-м-м, вкуснятина. Дай мне ещё порцию.

Мы шутили, смеялись и фотографировались на память. Мы все знали о том, что это ещё не конец пандемии — эпидемиологи обещали осенью «вторую волну» и новый, ещё более опасный штамм. Но в тот день мы не хотели об этом думать. Мы выдержали первый страшный удар. Этого для нас сейчас было достаточно.

Это были самые вкусные хот-доги, которые я когда-либо ел в жизни.

Далёкий голос

В один прекрасный день мне позвонила Эми. Правда, на экране моего мобильника вместо её имени высветилось «Приватный номер».

— Привет, Бен.

— Привет.

— Как дела?

— Нормально. А у тебя?

— Тоже в порядке. Послушай, когда я уезжала, то в спешке забыла вернуть тебе ключи от твоей квартиры. Каждый раз собираюсь пойти на почту и отправить их тебе, но почему-то никак не получается.

— Не проблема. Делай с ними что хочешь. Как твой роман?

— Роман? Ты знаешь, оказалось, что писать роман — очень тяжёлая работа. Отдельные образы и главы получаются хорошо, даже отлично, а вот некоторые совсем плохо, просто мусор. Когда что-то не получается, я страдаю — буквально физически, ненавижу себя и всех. И в тот момент, когда хочу всё бросить, разорвать черновики, удалить всё с компьютера, неожиданно приходит удивительная художественная мысль. И в этот момент я испытываю настоящее блаженство. Как бы то ни было, дело близится к развязке, скоро закончу.

— Я рад.

— Кстати говоря, у меня хорошие новости. Мой судебный условный срок закончился. Я занялась восстановлением своего права работать медсестрой. Как видишь, всё у меня складывается отлично.

Возникла долгая пауза. Было так тихо, что я даже мог различить дыхание Эми на другом конце. Я понял, что сейчас она хочет сказать что-то архиважное, то, ради чего, собственно, и позвонила.

— Бен, я наконец разобралась сама в себе, в том, кто мне действительно нужен в жизни… Хочу тебя спросить, есть ли у тебя кто-то?

— Есть ли у меня кто-то? Хм-м. Да. Медсестра из нашего отделения, её недавно наняли. Она красивая и молодая. Мы с ней встречаемся уже почти месяц.

— Ты это серьёзно? Ты не шутишь? — спросила она осторожно.

— Нет, не шучу. Шутки закончились, — ответил я, чувствуя, как моё сердце бешено забилось от радости.

Снова возникла недолгая пауза. Я ожидал, что Эми сейчас разразится гневом, начнёт бросать в мою сторону обвинения и высказывать обиды, и тогда я ей признаюсь, что просто разыграл её.

Я всё же решил не играть с огнём. Я решил сказать ей сейчас, что не могу жить без неё и что безумно счастлив оттого, что она наконец приняла решение и выбрала меня.

— Я хочу ска…

— Как ты посмел? — промолвила она тихо, перебив меня.

И связь оборвалась.

Я ждал её звонка до самой ночи, не мог заснуть, положив свой мобильник на подушке рядом и выставив максимальный звук, чтобы, упаси боже, не пропустить её звонок. Но Эми так и не позвонила.

«Идиот! Всё-таки я редкий идиот!»

Через несколько дней я получил от неё по почте пакет, в котором лежали ключи от моей квартиры. Но я посчитал, что это ерунда, это ничего не значит, и продолжал ждать. Теперь я оставлял наружную дверь своей квартиры не запертой на тот случай, если Эми вернётся «сюрпризом», а меня не будет дома.

Плоть от плоти

Сотцом я теперь виделся гораздо чаще, чем прежде. Причём теперь чаще он приезжал ко мне, чем я к нему. Он уже полностью восстановился физически и душевно и не нуждался ни в чьём уходе.

Он устроился волонтёром в какую-то еврейскую благотворительную организацию, помогал там раскладывать по коробкам продукты и за это получал «чаевые» в виде дополнительных к обычному пайку продуктов. Поэтому нередко он привозил мне пакеты с консервированным лососем, шоколадом, банками кофе, сыром, мясом, овощами и фруктами. Понятно, что я один не мог столько съесть, но отказывать ему в этой услуге мне было неловко, его бы это обидело, поэтому я принимал всё, что он привозил, благодарил его, а потом бóльшую часть из этого «пайка» отдавал соседям в доме.

Скажу больше: в наших отношениях с отцом происходили не только бытовые — поверхностные, но и глубинные изменения, думаю, мы оба это чувствовали. Мы чаще стали разговаривать по душам, всё реже спорили, реже ругались.

За столом, за чаем, он стал осторожно заводить разговоры о том, не хочу ли я что-нибудь поменять в своей жизни. Скажем, не хочу ли я вернуться к своей бывшей жене и дочери, и даже предлагал в этом своё «посодействовать». Понятно, это шло у него от ощущения приблизившейся старости, от веяния её холода, от желания окружить себя родными людьми, создать некий семейный круг, в котором он мог бы согреться.

Но его надежды на этот счёт, увы, не оправдывались: я дал ему ясно понять, что «корабль уплыл», что мы с Сарой и Мишель давно живём раздельно и почти не интересуемся друг другом. У Сары уже несколько лет есть бойфренд, быть может, она даже вышла за него замуж, я этого не знаю и знать не хочу. Да, это правда, я не интересуюсь дочерью, единственное, что я делаю для Мишель — плачу алименты и посылаю ей деньги на день рождения и Хануку. Не спорю, я отвратительный отец, но такие отцы встречаются нередко, не правда ли? Он понимал, что я подразумеваю: по отношению к своей бывшей жене и дочери я веду себя точно так же, как он когда-то вёл себя по отношению к нам с мамой.

— А где она? О ней что-либо известно? — порой, ещё более осторожно, чем о моей бывшей жене, спрашивал он про Эми. Любопытно, что в разговорах со мной он теперь не приклеивал к Эми оскорбительных ярлыков, как это делал раньше, но и не называл её по имени.

— Дэд, что с ней, где она, когда вернётся и вернётся ли вообще, я не знаю.

Услышав такой ответ, отец молча кивал. На его лице при этом появлялось выражение полного удовлетворения.

— Не переживай о ней, сынок. Я тебе гарантирую, у неё уже появился новый хахаль, и она тянет из него деньги. Она о тебе уже давно забыла, и ты тоже должен о ней забыть.

Его неприязнь к Эми вызывала у меня досаду. Да, противно. Но это не суть важно, ведь она всё равно больше не со мной.

Я расспрашивал отца о перенесённых им операциях на сердце, о симптомах до и после операций. Я дотошно расспрашивал его о том, какого рода были боли — колющие или тупые. Он снова и снова рассказывал про тот злополучный день, когда упал на улице, идя к своей машине, и когда «сердце будто разорвали пополам». После этого, уже в стационаре в госпитале, у него обнаружили целый букет сердечных болезней, о которых он и не подозревал.

— Зачем тебе всё это знать? — спрашивал он меня. — Главное, что меня вылечили, пэйс-мэйкер стоит, таблетки помогают, дай бог, ещё поживу какое-то время.

— Я этим интересуюсь исключительно с медицинской точки зрения, — отвечал я. — Ведь я же работаю в «скорой», должен иметь как можно больше медицинских познаний.

Несколько раз мы ездили с ним на пляж — сидели на песчаном берегу в шезлонгах, смотрели за сёрфингистами и наблюдали закаты. Наши тела покрывались красивым бронзовым загаром.

В облике отца ещё угадывались черты былой пластичности и энергии, но в осанке уже появилась стариковская сутулость, мышцы заметно теряли свою рельефность, а походка — твёрдость.

Тем не менее, глядя на него, я теперь всё чаще узнавал себя в нём, а его в себе, испытывая странное ощущение двойственности, вернее, некоего слияния с отцом. Эми не раз говорила: «Бен, ты копия своего отца, просто клон — и внешне, и внутренне. Генетика». Но я старался не придавать большого значения этим её словам. Я никогда не хотел быть на него похожим, ни внешне, ни внутренне. Я всегда считал себя полной ему противоположностью.

Теперь же, приглаживая свои волосы, бреясь перед зеркалом, выбирая себе новые часы с браслетом — в мимике, жестах, вкусах, — я часто ловил себя на мысли, что во многом наследую отца. И моя привычка — отпускать глупые шутки к месту и не к месту, которые могут иметь очень серьёзные, чтобы не сказать роковые, последствия, — тоже явно от него. Я являюсь плотью от его плоти, духом от его духа, хочу я того или нет. И характер у меня тоже отцовский, и наши судьбы тоже во многом схожи.

Я замечал, что отец сдаёт — не только физически, но и ментально. Он стал забывать имена людей и названия улиц, стал мнителен, машину водил всё хуже, видимо, потому что за рулём был слишком напряжён, не полагаясь на свою память и быструю реакцию. Признался мне, что пару раз не мог вспомнить, где положил деньги, чего раньше с ним не могло случиться ни при каких обстоятельствах. Его суждения уже были не такими глубокими и верными, как прежде.

Но, странное дело, чем больше я замечал за ним все эти «слабости», тем бОльшую близость к нему испытывал. Я чувствовал, что нас будто тянет друг к другу какими-то внутренними магнитами. Теперь все его недостатки, его скверный характер, грубость, чёрствость, скандализм — то, что я когда-то терпеть не мог, что вызывало у меня стойкую неприязнь и раздражение, теперь всё это я принимал и принимал совершенно спокойно. И даже удивлялся, почему эти его черты до такой степени когда-то так сильно бесили и угнетали меня. «Почему я постоянно ждал и требовал от него чего-то? Да, я хотел, чтобы он был другим. Но он не должен был быть другим. Он мне дан таким. Судьба распорядилась так, чтобы именно он был моим отцом, он — и никто другой».

Теперь на пути нашей взаимной любви не было никаких преград. Замечая в нём признаки приблизившегося увядания, я очень отчётливо услышал «тиканье часов». Я тяжело расставался с безобидной, на первый взгляд, но очень опасной иллюзией, что в жизни якобы всё можно изменить и исправить и «что это никогда не поздно». Я уже ясно понимал, что изменить можно не всё, и что жизнь — как река, течёт только в одном направлении, но никогда не потечёт вспять. С каждым днём течение жизни уносит частичку нас, уносит куда-то в неведомое, откуда уже никто никогда не придёт.

Я помню, мама, когда мы с ней говорили про отца, всегда повторяла одно и то же: «Прости его. Ты должен учиться прощать, сынок». Мама умела прощать. Я старался научиться этому искусству у неё — искусству прощать. И я преуспел во многом: я прощал мелкие и крупные гадости своим коллегам на работе, родственникам, приятелям. Я знал, что я тоже не безгрешен, поэтому тоже рассчитывал на прощение — от других. Я знал, что обида и ненависть подтачивают и разрушают нас изнутри, а прощение лечит. Я научился прощать всех, кроме него, сколько бы я ни старался это сделать.

И вот, когда я уже не надеялся, что когда-нибудь это произойдёт, я неожиданно обнаружил в своей душе какие-то глубокие изменения. Они начали происходить сами по себе, помимо моей воли и почти без моих усилий. Я открывал для себя отца, открывал его для себя по-новому, таким, каким я его всегда знал, но никогда не принимал и не любил. Кто знает, может, и любил всё-таки, но уж очень непросто мне было до той любви «достучаться» и узнать о её существовании.

И только теперь, во время проклятой пандемии, когда наши жизни оказались на чашах весов, когда он стал заметно сдавать, только теперь я узнал, что такое прощение и любовь к отцу…

Однажды отец мне сообщил, что составил доверенность у адвоката на то, что я имею полное право распоряжаться всеми его сбережениями, которые хранятся на его банковскому счету. Двести пятьдесят тысяч долларов. Четверть миллиона! «Мне эти деньги тратить почти не на что, сколько мне, старику, надо? Отдавать их, кроме тебя, мне некому. А в могилу я их всё равно не унесу — багажник к гробу не приделаешь. Э-эх…»

Какой неожиданный поступок с его стороны! Впрочем, я ожидал, что так и произойдёт.

Дела сердечные

Однажды под вечер я бродил по солт-маршу. Остановившись, долго смотрел на возвышавшееся соколиное гнездо вдали. В гнезде никого не было, за лето птенцы уже выросли и разлетелись. На одном из столбов неподалёку от гнёзда неподвижным тёмным пятном сидел сокол, сложив крылья.

Я смотрел на эту птицу, и в моей памяти пронеслись эпизоды, когда Эми впервые увидела здесь этих птиц и сразу поверила, что в неё вселилась душа сокола. И как причудливо после этого в нашу жизнь вплелась соколиная «тема», одарив нас обоих фантастически-прекрасными, незабываемыми минутами.

Но сейчас сидевший на столбе сокол выглядел безобразно. Птица была уродливой, злой, насупленной. Мое сердце наполнилось отчаяньем и гневом. Я решил, что должен застрелить эту птицу. И только таким образом я избавлюсь от птичьего наваждения, а вместе с этим — от воспоминаний об Эми.

«Довольно. Так дальше продолжаться не может. Эми не должна быть такой чувствительной и обидчивой. Она вообще не понимает шуток. Нельзя всё воспринимать настолько серьёзно и всё превращать в трагедию! А реальность такова: она бросила меня и уехала чёрт знает куда. Кто знает, что с ней сейчас? Может, отец прав: нашла себе нового ёб..ря, из которого тянет деньги. Она ненадёжная, как перелётная птичка, которая неизвестно, вернётся ли. Я должен её забыть, подумать о себе, найти себе другую женщину. Но вначале я должен застрелить птицу».

Придя домой, я открыл сейф, где хранился глок и патроны. Зарядил обойму и вставил её в пистолет. Направил пистолет в пустое окно. Пистолет был нетяжёлый, с удобной рукоятью.

«Финита ля комеди. Конец романа».

Я направился к выходу, чтобы идти на залив, сделал пару шагов. Вдруг почувствовал, что у меня опять начинает колоть в сердце. В последние месяцы у меня сердце покалывало в течение дня, иногда сильнее, иногда слабее. (Потому-то я так дотошно расспрашивал отца о его сердечных делах.) Но в последнюю неделю я просыпался ночью из-за внезапного сильного сердцебиения и подолгу не мог заснуть, лежал и ждал, пока оно успокоится, а в течение дня меня одолевала сильная слабость.

Сейчас, в эту минуту, выходя из квартиры, я почувствовал, что у меня в груди похолодело. Мне стало трудно дышать. То место, где, по моим представлениям, находится сердце, неожиданно превратилось в огромную пропасть, в которую, мне показалось, я сейчас провалюсь.

Я сделал ещё шаг, успев упереться рукой в дверцу кладовки, чтобы не упасть. Стоял, наклонившись и боясь шевельнуться.

— А-а!

Мои ноги подкосились, и я рухнул на пол. Я лежал, не в силах пошевелить ни рукой, ни ногой. Мне было очень холодно, холодно рукам и ногам, но холоднее всего было в груди.

Я не знаю точно, сколько времени так пролежал. Я даже не осознавал, лежал ли я на боку или на спине.

Очень отдалённо прозвенел звонок моего интеркома. Но мне уже было всё равно, я уже ничего не ждал и ни на что не надеялся. Мне казалось, что мою грудь расклёвывает большая тёмная птица.

«Прости, бэби, я был неправ. Я не должен был даже думать о том, чтобы такое сделать», — произнёс я мысленно.

Я терпеливо ждал, когда оборвётся последняя ниточка.

— Бенжик, сынок… Сыночек… Что с тобой? — услышал я голос отца над головой. Но этот голос звучал как-то глухо и смутно, будто бы где-то далеко-далеко, за тысячи километров отсюда. — Бенни, где болит? Ты же не пьяный, нет? Скажи, скажи, что с тобой… Что это?! Пистолет? Ты жив? Ранен? — он стал ощупывать меня. — Ты что, хотел себя убить?

Затем я смутно слышал, как отец что-то кричит в телефон, называя моё имя и фамилию и адрес моего дома.

— Да, сейчас. Сорок лет. Я его отец. Лежит, не может встать. Не может разговаривать. Дышит, да. Быстрее, я вас умоляю.

Он снова стоял передо мной на коленях, по-моему, он плакал. Я чувствовал, как он подложил мне под голову подушку, как поднял на мне футболку и стал гладить мою грудь.

— Неужели это у тебя сердце? Неужели я тебе передал по наследству ещё и все свои проклятые сердечные болезни? Молчи, молчи. Сейчас приедут, они сейчас приедут. А я тебе принёс продуктовый паёк. Хороший паёк, там консервы, фрукты, шоколадные конфеты, такие, как ты любишь. Я звоню в квартиру, а ты не отвечаешь. Так я решил сам всё занести, а ты лежишь на полу. И пистолет возле тебя. Дурачок мой, дурачок, что же ты творишь со своей жизнью?.. Вот до чего тебя довела эта проклятая чёрная шлюха!

* * *

Я лежал на кровати в «скорой» своего госпиталя, к моей руке тянулась трубка капельницы, а над головой на металлическом крюке висел кулёк с лекарствами.

— Давно у тебя болит сердце? — спросил стоявший передо мной доктор Харрис.

— Последние несколько месяцев. Вначале оно слабо покалывало, что я едва это замечал. Но потом боли усилились, а в последнюю неделю стало болеть так сильно, что я уже не мог спать. Собирался пойти к кардиологу, но постоянно откладывал, думал, само как-нибудь пройдёт.

— Мы сделали тебе все тесты и посмотрим результаты, — доктор Харрис посмотрел на пикающие за моей головой электронные датчики. — Но уже сейчас могу тебе сказать наверняка, Бен, у тебя ковид, мы только что получили результат. Судя по всему, от длительного стресса у тебя началась аритмия, а ковид всё усугубил, — он посмотрел куда-то перед собой. — Если понадобится, я для тебя найду лучшего кардиолога в Нью-Йорке, и он тебя починит. Ведь нам, Бен, предстоит ещё много работы. Сначала нужно будет справиться с этой эпидемией. Затем приготовиться к новым эпидемиям и войнам. Так я вижу наше ближайшее будущее.

Через несколько минут походкой бывшего военного подошёл доктор Мерси. Поправив очки, тоже посмотрел на датчики. Затем оба доктора перекинулись несколькими фразами, используя медицинские термины, которые мне были неизвестны.

— Вот увидишь, парень: немного отдохнёшь, расслабишься, и всё будет в порядке. Будешь жить до ста лет, — заверил меня доктор Мерси. — В зале ожидания твой дэд, просит, чтобы его к тебе впустили. Но я не думаю, что ему сейчас нужно сюда входить. Лучше я сам к нему выйду и скажу, что всё под контролем, пусть не волнуется.

— Хорошо, — я закрыл глаза. Мне становилось легче: легче дышать, легче думать, легче говорить.

Конец романа

Я взял больничный и отдыхал целый месяц. Размышлял о своём прошлом и настоящем, обо всём, что в последнее время случилось в моей жизни.

Однажды я спросил отца, куда делся пистолет. Я не сомневался, что он взял его в тот день, когда за мной приехали парамедики.

— Я его продал за миллион долларов, — ответил он со злостью.

После чего я больше эту тему не поднимал.

* * *

Я проводил долгие часы на осеннем солт-марше, бродил и вдоль берега, и по его извилистым тропинкам. Я наблюдал за удивительной, суетливой, наполненной смыслом и богатыми событиями жизнью различных живых существ солт-марша. В мои ноздри проникали запахи солёной воды, сырой земли и мокрых камней. Я чувствовал себя неразрывно слитым с этим миром, осознавал себя крохотной частичкой этого огромного таинственного мира, который существовал миллионы лет до меня и будет существовать после моего ухода…

Однажды утром я сидел на берегу на холодном камне и вдруг услышал: «Кии-иии-арр!» — знакомые тревожные и радостные крики. Я посмотрел в небо, но над моей головой не было ни одной птицы. Поднявшись, повинуясь непонятной воле, я ринулся в рощу, туда, откуда доносились эти крики. Я бегал по роще, перепрыгивая через упавшие ветки, через овраги, распугивая диких котов и енотов. Зацепившись о выступавшие из земли корни, падал, растянувшись на земле, но тут же вставал и продолжал поиски.

«Кии-иии-арр!» — кричала птица. Её крики то удалялись, то раздавались совсем близко, так, что мне казалось, я вот-вот увижу её в густом кустарнике или возле поваленного дерева.

Наконец я понял, откуда доносятся эти крики и где сокол. В порванной футболке, с исцарапанными руками и измазанный грязью, весь в сухих травинках, я покинул солт-марш и поспешил домой. Я был уверен, что Эми вернулась!

К моему удивлению, перед домом стоял Джейсон, её бывший бойфренд.

— Привет, бро, — промолвил он, преградив мне дорогу и хмуро посмотрев на меня.

— Привет, — я весь напрягся, приготовившись к новому «тяжёлому мужскому разговору». Хотя мне показалось, что сейчас Джейсон вовсе не в боевом настрое, напротив, какой-то подавленный, несчастный.

— Расслабься, бро. Я пришёл не для этого. Я пришёл сказать тебе, чтобы ты больше не ждал её. Она к тебе не вернётся. Она… — он осёкся, сильно наморщив лоб. — Она умерла.

— Что за чушь ты несёшь?! Ты врёшь.

— Мне позвонил её отчим. Я с ним познакомился, когда несколько лет назад мы с Эми ездили в Джорджию в гости к её родственникам.

— Как это случилось? — я не мог поверить в то, что сейчас услышал.

— Эпилептический удар. Ты же знаешь её историю с бухлом, как это для неё было опасно. Она тоже об этом отлично знала. Её отчим не владеет полной информацией. Известно лишь, что это случилось в Южной Каролине, где она недавно поселилась… Она была удивительная женщина, одна на миллион, — он скривил лицо, и в его глазах заблестели слёзы. — Бро, наружная дверь в твою квартиру не заперта. Извини, я вошёл без приглашения. Я там кое-что для тебя оставил, ты будешь удивлён. Всё, прощай, бро, — он легонько ткнул меня кулаком в плечо и ушёл.

Я пошёл домой. В гостиной на столе лежала книга: «Душа птицы», Эми О'Нил. Я взял книгу со стола, перелистнул несколько страниц.

Если бы у меня был пистолет, в тот вечер я бы пустил себе пулю в лоб.

Эпилог

Я вернулся на работу в «скорую». Как и предсказывали эпидемиологи, Нью-Йорк накрыла вторая, а потом и третья волна ковида. И мы в отделении продолжали бороться с этой чумой.

Прошло ещё некоторое время. Я продал свою квартиру и переехал в другую на другом конце города, подальше от Марин-Парка и солт-марша, где мне всё по-прежнему напоминало… о ней.

9 781960 533241